Die Eiserne Libelle

Troy Dust

Die Eiserne Libelle

Roman

Die erste Ausgabe von „Die Eiserne Libelle" erschien 2013 als eBook bei Zeilenwert GmbH, Rudolstadt, und ist nicht mehr erhältlich. Das eBook wurde 2019 bei BoD – Books on Demand, Norderstedt, neu veröffentlicht.

Herstellung und Verlag:
BoD – Books on Demand, Norderstedt

ISBN: 978-3-7534-9566-8

»Wenn Du Dein Leben opferst, musst Du vollen Gebrauch von Deinen Waffen machen. Es ist falsch, so etwas nicht zu tun und mit einer nicht gezogenen Waffe in der Hand zu sterben.«

Miyamoto Musashi
›Das Buch der fünf Ringe‹
Phänomen Red Pockets, 2004

Vorspiel

Dämmerung

Er hörte undeutliche Stimmen. Und das leise Knistern eines Feuers ganz in der Nähe.

Sein Körper fühlte sich schwer an. Es war, als würde er immer weiter nach unten sinken, um jeden Augenblick mit dem Boden zu verschmelzen und sich darin zu verlieren. Hinzu kam, dass nahezu alle Muskeln von Schmerzen durchzogen wurden, was ihn dazu zwang, sich nicht zu bewegen.

Eine frische Brise streichelte sein Gesicht; sie trug den Duft von Blumen und dem Meer mit sich.

Langsam öffnete er die Augen. Über sich sah er im schwindenden Tageslicht ein prachtvolles Gewölbe, das sich in mindestens 30 Metern Höhe befand. Ehe er sich auf den oberen Rand im linken Teil seines Blickfeldes konzentrieren konnte, wo er glaubte, ein Stück Himmel erahnen zu können, verdunkelten seine schweren Lider die Welt zum wiederholten Male. Und bevor auch die Stille erneut ihr Tuch über ihm ausbreitete, konnte er hören, wie jemand auf einer Gitarre ein ruhiges Stück anstimmte ...

Kapitel 1

Besuch

Gwinard betrat sein lichtdurchflutetes Schlafzimmer. Die rechte Wand bestand aus einem gigantischen Bildschirm, auf dem eine im Wind wogende Wiese gezeigt wurde, über welcher sich Wolkenberge mit harten Übergängen zwischen Weiß und Grau auf dem blauen Himmel dahinschoben. Die Darstellung spiegelte sich, genau wie das quadratische Bett, das vor dem Bildschirm stand, auf der linken Seite im verglasten Wandschrank, der die komplette Wandfläche einnahm. Gegenüber der Türe war ein Fenster, das sich über die gesamte Breite und Höhe des Raumes erstreckte. Es war nicht möglich, es zu öffnen – auch die anderen Fenster der Wohnung waren lediglich eingesetzte Glasflächen. Frischluft gelangte über die Klimaanlage in die Räume. Er hatte mit der Lage der Wohnung innerhalb des Gebäudes Glück gehabt, denn nichts ging über Tageslicht. Vorher hatte er lange genug in Löchern ohne Fenster gelebt – in einigen sogar ohne Klimaanlage.

Er steuerte mit einem dreckigen T-Shirt und getragenen Socken in der Hand den Wäschekorb an, der vor dem Wandschrank am Fenster stand. Er trug lediglich Shorts.

Auf dem Fensterglas wanderten Regentropfen des vergangenen Schauers vom Wind getrieben nach links. Hinter der Scheibe konnte Gwinard die massigen Gebäude ausmachen, die aus Stahl, Beton und hellen Natursteinen bestanden. Die Grundrisse waren meist Kombinationen verschiedener Kreise, Ellipsen und symmetrisch aufgebauter Ovale. Die Straßen lagen unter schwerem Dunst verborgen, aus welchem sich die Gebäude erhoben wie Pfeiler aus einem dichten Nebel, der sich mühsam über den Boden schleppt. Da in dem Stadtteil, der sich vor Gwinard ausbreitete, die Häusertürme fast ausnahmslos kleiner waren als das Höhenniveau, auf dem er sich befand, konnte er bis zum Horizont blicken und das Meer jenseits der Stadt erkennen; darüber erhoben sich mächtige Wolkensäulen, die den Himmel zu tragen schienen. Die Sonne hatte auf diese Szene einen Doppelregenbogen und links davon einen Spiegelbogen gemalt. Das Trio der Farbenpracht verlor sich in der Höhe. Auf den Dächern der Häuser sah er Wiesen, Bäume und sogar Haine, ebenso wie mannigfaltiges Grün auf Vorsprüngen und in Einbuchtungen, die die Architektur der mitunter enorm massigen Bauten auflockerten.

Allein das Gebäude, in welchem Gwinard seit nunmehr 5 Jahren lebte, fasste über 230.000 Menschen verteilt auf 257 Etagen – und damit war es nicht einmal ansatzweise das größte der Stadt.

Seinen Lebensunterhalt verdiente er sich seit 7 Jahren bei der Müllabfuhr. Es war zwar nicht der beste Job, aber auch nicht der schlechteste – und es ließ sich gutes Geld damit verdienen. Außerdem hätte er auch in der Kanalisation als Arbeiter landen können, in einer Fabrik am Fließband, auf einer der gigantischen Mülldeponien als Sammler oder obdachlos und arm auf der Straße. Nun war er 28 und hatte keine Ahnung, wie lange es so weitergehen und wohin es ihn irgendwann noch verschlagen würde.

Gwinard warf die Kleidung in den Wäschekorb, machte kehrt und verließ das Zimmer, um sich im gegenüberliegenden Bad bei einer heißen Dusche den Schweiß, den Dreck und vor allem den Gestank des Tages vom Leib zu waschen.

Das Wasser floss über den durchtrainierten Körper und ließ die schulterlangen, dunkelblonden Haare am Kopf kleben, während sich der Wasserdampf auf das Fensterglas und den Spiegel über dem Waschbecken legte.

Er stellte das Wasser ab und griff zu seinem Duschgel. Klackend öffnete er den Verschluss. Er wollte sich gerade etwas Gel auf die Handfläche geben, als er neben dem Tropfen des verkalkten Duschkopfes Geräusche aus seiner Wohnung vernahm. Da es in diesen gigantischen und überaus anonymen Komplexen sehr oft zu Einbrüchen kam – und das zu jeder erdenklichen Tageszeit – stellte er das Duschgel auf die Ablage und verließ die kleine Duschkabine, wobei er möglichst leise vorging. Mit vom ausgeschütteten Adrenalin geschärften Sinnen schlich er an die Türe und lauschte: Irgendjemand verschwand soeben in einem Zimmer, denn die Schritte wurden leiser.

Gwinard sah sich um; er wusste, dass die Türe der einzige Ausweg war, weshalb er nach einem Gegenstand suchte, den er als Waffe einsetzen konnte. Auf der Ablage des Waschbeckens machte er seine Nagelschere aus. Er griff danach und nahm sie in die rechte Hand, wobei die Spitze zwischen Mittelfinger und Zeigefinger aus seiner Faust ragte, die den Rest der Schere sicher umfasste. Hastig schlüpfte er, nass wie er war, wieder in seine Shorts – unter diesen Umständen war es ihm egal, dass er keine frischen mit ins Bad genommen hatte.

Er horchte an der Türe und vernahm, dass in einem der Zimmer randaliert wurde. Offenbar suchte jemand in aller Eile nach Wertgegenständen.

Links vom Bad lag die Küche und ihr gegenüber – und somit neben dem Schlafzimmer – das Wohnzimmer. Rechts vom Bad befand sich ein Lagerraum, und diesem gegenüber ein Zimmer, wo er Unterlagen und seine Büchersammlung in Regalen, Schränken und Kommoden lagerte – weshalb er es als „Arbeitszimmer" betitelte, auch wenn es keines war. Am rechten Ende des Flurs war die Wohnungstüre und neben dieser eine kleine Garderobe mit integriertem Spiegel.

Es war weder auszumachen, wie viele Eindringlinge in der Wohnung waren, noch deren jeweiliger Aufenthaltsort. Er wusste nur, dass er es aus dieser Falle schaffen musste, auf den Flur und aus der Wohnung. Hier wäre er geliefert. Schleunigst hinaus zu gelangen war seine einzige Chance, ungeachtet einer eventuellen Waffenpräsenz.

Gwinard blickte konzentriert an der Türe hinab und hoffte, dass niemand direkt auf der anderen Seite stand und auf ihn wartete. Vor seinem geistigen Auge ging er die einzelnen Schritte durch.

Er atmete ruhig ein und aus. Dann spannte er schlagartig seine Muskeln an und riss die Türe auf. Er stürmte nach rechts und nahm dabei zwei Dinge wahr: Die Wohnungstüre war angelehnt und der Lärm kam von hinten, also entweder aus dem Wohnzimmer oder aus der Küche.

Plötzlich erschien ein Mann im Türrahmen der Abstellkammer. Noch ehe dieser reagieren konnte, zielte Gwinard auf dessen Kopf und schlug mit der Nagelschere in der Faust zu. Er traf den überraschten Mann an der Wange und spürte, wie er mit der Schere hängen blieb. Zudem kam er durch den plötzlichen Hieb und die Kombination aus feuchten Fußsohlen und dem glatten Kunststoffbelag des Bodens etwas aus dem Gleichgewicht und strauchelte. Mit der linken Hand riss er die Wohnungstüre auf. Er stürmte hinaus und nach rechts – links gab es lediglich eine Wand mit einem Feuerlöscher und einem hinter Glas liegenden Knopf, mit welchem man den Feueralarm auslösen konnte.

Er rannte über den kalten Betonboden, ohne auch nur einen Blick über seine Schulter zu werfen. Abgehende Gänge jagten genauso an ihm vorbei wie die dreckigen Lampen, die Feuermelder und die Sprinklerköpfe in der Mitte der Decke. Nach etwa 50 Metern erreichte er die Fahrstühle seiner Sektion, von denen es auf beiden Seiten des Gangabschnitts jeweils 10 Stück gab. Links stand die Türe des dritten Aufzugs offen. Er hastete hinein und tippte „105" in einzelnen Zahlen auf dem abgenutzten Tastenfeld ein – die Etage eines Arbeitskollegen und Freundes.

Nachdem sich die beiden Türflügel zugeschoben hatten, betrachtete er schnaufend seine rechte Hand. Blut klebte an der Schere und an seinen Fingerknöcheln. Er spürte, dass sein Handballen schmerzte.

Eine gefühlte Ewigkeit später – in Wirklichkeit nur wenige Sekunden – verlangsamte der Fahrstuhl sanft die Fahrt und hielt nach 83 Etagen. Die Türe öffnete sich. Gwinard rannte nach rechts und dort in einen der Seitengänge, die nach links abgingen, um zu seinem Ziel zu gelangen, wo er sich dringend Kleidung leihen und darüber nachdenken musste, wie seine nächsten Schritte aussehen sollten.

Kapitel 2

Chaos

Nach etwa einer halben Stunde standen die Männer – jeder eine Zigarette rauchend – vor den leergefegten Regalen und ausgeräumten Schränken in Gwinards Arbeitszimmer. Alle Bücher und Ordner lagen wild verstreut auf dem Boden, ebenso wie die Schubladen der Kommoden, die man einfach herausgerissen, ausgekippt und hingeworfen hatte. Ein ähnliches Chaos bot sich auch in der übrigen Wohnung.

Byrd hatte Gwinard Kleidung gegeben und ihm aufmerksam zugehört, während sich dieser angezogen und die Ereignisse geschildert hatte. Anschließend waren sie mit jeweils einem Baseballschläger und einem Teppichmesser bewaffnet zurück zu Gwinards Wohnung gegangen, nur um diese verlassen und verwüstet vorzufinden.

„Hattest du Geld hier?" fragte Byrd und hielt Ausschau nach einem Aschenbecher.

Gwinard verließ ohne Antwort den Raum, um kurz darauf mit einem leeren Marmeladenglas, in das er etwas Wasser gefüllt hatte, wieder in der Türe zu erscheinen.

„Das ist noch da", antwortete er und hielt Byrd das Glas hin.

„Fehlt etwas anderes?"

„Um das sagen zu können, müsste erst einmal aufgeräumt werden. Aber wenn sie nicht einmal das Geld aus der Küche mitnahmen, würde es mich wundern. Die Dose, in der ich es immer deponiere, lag auf dem Tisch und das Geld daneben. Ich habe es direkt eingesteckt."

Byrd tippte mit der Zigarette leicht auf den Rand des Glases, um die Asche zu lösen. „Dann suchten sie etwas anderes. Nur was? Oder sie irrten sich in der Wohnung. Das kann hier ja schnell passieren."

Gwinard nahm einen tiefen Zug. Er tappte im Dunkeln. Wieso sollte jemand bei ihm einbrechen und nicht einmal die Chance ergreifen, etwas Geld mitgehen zu lassen?

Byrd warf ihm einen skeptischen Blick von der Seite zu. „Oder hast du etwas verbrochen? Dich in letzter Zeit mit jemandem angelegt?" Er dachte noch an Schulden, aber wäre das der Fall gewesen, hätte man kaum das Geld verschmäht.

Gwinard dachte nach. Er hatte – soweit er wusste – keine Feinde und auch keinen Ärger mit seinem Lieferanten, über den er ab und an erstklassiges Gras bezog. Es ergab einfach keinen Sinn, dass man in seine Wohnung einbrach und sie verwüstete, ohne augenscheinlich etwas zu entwenden.

„Oder hast du etwas beobachtet, das du nicht hättest sehen sollen? Vielleicht will dir jemand Angst einjagen."

„Nicht bewusst", antwortete Gwinard, nahm einen letzten Zug, ließ den Zigarettenstummel in das Glas fallen und reichte es Byrd. „In unserem Job sieht man immer wieder unfreiwillig dies und das, wie du weißt." Er trat über die Bücher und Unterlagen hinweg ans Fenster und ließ den Blick über die Stadt schweifen. Der Himmel hatte sich vor einiger Zeit verdunkelt und nun regnete es in Strömen.

Byrd ließ seine nicht ganz aufgerauchte Zigarette in das Glas fallen und stellte es auf einer der Kommoden ab. „Was wirst du jetzt tun?"

Gwinard drehte sich um. „Aufräumen und ein neues Schloss einbauen." Er betrachtete das Chaos und schätzte, dass er einige Zeit benötigen würde, um seine Wohnung halbwegs in den Zustand von vor einigen Stunden zurückzuversetzen.

„Keine Polizei?"

„Wozu? Der größte Wert hier ist das Geld und das nahmen sie ja nicht mit. Und mit den Büchern lässt sich auch nichts weiter verdienen."

Byrd zuckte mit den Schultern. „Ich glaube, ich habe bei mir noch ein Schloss liegen. Das sollte zur Sicherheit sofort eingebaut werden, ehe du ein neues besorgen gehst."

„Das wäre praktisch."

„Ich hole es mal", sagte Byrd und verließ den Raum, um sich auf den Weg zu seiner Wohnung zu machen. Im Flur nahm er einen der Baseballschläger an sich, die sie dort an die Wand gelehnt hatten.

Gwinard verweilte noch einen Moment und betrachtete das Durcheinander. Es war, als wäre es wie eine Welle durch die Wohnung gefegt, als sei es eine Flüssigkeit, die nun den Boden bedeckte und nach und nach verdunsten musste. Er schnaufte genervt, gab sich einen Ruck und ging in die Hocke, um die ersten Bücher aufzuheben und sie an ihren angestammten Platz zu stellen.

Kapitel 3

Vermutung

Während Gwinard das Wochenende nach dem Vorfall dazu nutzte, das Chaos zu beseitigen, spielte er mehrere Möglichkeiten durch, weshalb man überhaupt in seine Wohnung eingebrochen war. Dabei stieß er auf einen Ansatz, der ihn innehalten ließ, als er im Schneidersitz auf dem Boden seines Arbeitszimmers saß und mehrere Berge an zusammengetragenen Unterlagen zu sortieren und korrekt in den entsprechenden Ordnern unterzubringen versuchte.

Vielleicht war das alles gar kein Zufall gewesen und auch keine Verwechslung. Möglich, dass man ihn zeitweise beschattet und schließlich zugeschlagen hatte, ohne an jenem Tag zu wissen, dass er zuhause war. Dafür sprach, dass man direkt damit begonnen hatte, die Wohnung auf den Kopf zu stellen, anstatt zunächst alle Räume – und damit auch das Bad – abzusuchen und so zu sichern; oder es waren Amateure am Werk gewesen, die es nicht besser wussten. Was aber, wenn es ihnen egal gewesen war, ob er sich in der Wohnung aufhielt?

Der Auslöser für die Unterbrechung seiner Tätigkeit war das Aufflammen der Erinnerung an etwas, das sich vor einigen Wochen zugetragen hatte:

Auf der letzten Tour vor seinem wohlverdienten Feierabend nahm er über mehrere Tage hinweg unweit der zu entleerenden Rollcontainer in einer heruntergekommenen Gegend eine große Papprolle wahr, über die jemand einen grauen Müllsack gestülpt hatte – da sich das untere Ende in einer durchsichtigen Plastiktüte befand, konnte er sehen, worum es sich handelte. Die Rolle lehnte in der Ecke eines Hausvorsprungs hinter einem alten Kühlschrank, welcher schon so lange dort stand, dass sich Gwinard nicht einmal ansatzweise daran erinnern konnte, wie lange; seine Augen hatten sich zu sehr an den Anblick gewöhnt.

Am nächsten Tag bekamen er und seine Kollegen für den Zeitraum einer Woche planmäßig eine andere Route und im Anschluss daran wieder jene mit dem Mysterium.

Gwinard rollte den letzten Container im Schatten einer über ihm dahingleitenden Schwebebahn zurück in den Hinterhof und dort an den angestammten Platz. Als er sich umdrehte, um den Rückweg anzutreten, fiel sein Blick genau zwischen Hauswand und Kühlschrank, wo noch immer die seltsame Papprolle stand. Ohne sich ein weiteres Mal zu fragen, ob und weshalb man die Rolle – vermutlich genau wie den Kühlschrank – vergessen hatte, und ohne sich wie sonst Gedanken über den möglichen Inhalt zu machen, lief er hin, beugte sich über einige am Boden liegende Ziegel, Glasflaschen und Dachschindeln und nahm das Objekt der Verwunderung an sich. Er entfernte den Müllsack und die Plastiktüte. Beides warf er in den frisch geleerten Container.

Die unbeschriftete Rolle war etwas länger als einen Meter und hatte einen Durchmesser von gut 20 Zentimetern. Ihr Gewicht lag irgendwo zwischen sechs und acht Kilogramm. Die weißen Plastikdeckel an beiden Enden waren mehrmals mit braunem Paketklebeband gesichert.

Gwinard legte sich die Rolle über die Schulter und verließ den Hinterhof. Er bog nach rechts ab, wo der Müllwagen schon vor der nächsten Einfahrt zu einem Hinterhof stand. Er öffnete die Beifahrertüre und warf den geborgenen Fund in das Fahrerhaus.

„Was ist das denn?" fragte der Fahrer und nahm den Blick von der über dem Lenkrad aufgeschlagenen Zeitung.

„Ein paar Tapetenmuster", log Gwinard ungeschickt. Er wollte noch etwas hinzufügen, doch der Fahrer beschäftigte sich bereits wieder mit einem Artikel, weshalb er es ließ, die Türe zuschlug und zurück an die Arbeit ging.

Nach Feierabend stellte Gwinard die Rolle in seinen Spind und zog sich um. Da er etwas in Eile war, beschloss er, die Rolle am nächsten Tag mitzunehmen ...

Er konnte nicht fassen, dass er es vergessen hatte; und das vermutlich nur, weil er die Rolle im Spind an die Rückwand gelehnt und sie so unabsichtlich mit der davor an den Bügeln hängenden Kleidung verdeckt hatte. Aus den Augen, aus dem Sinn.

War diese Rolle vielleicht der Grund, weshalb man in seine Wohnung eingebrochen war? Dafür sprach, dass die beteiligten Personen eine gewisse Routine und Gelassenheit zu besitzen schienen, denn man hatte alles durchsucht, obwohl er nach draußen gerannt war, und ihn trotz seines Scherenangriffs nicht verfolgt. Die Einbrecher hatten auch nicht wissen können, ob er die Polizei rufen würde oder nicht. Das alles legte die Vermutung nahe, dass es doch keine Amateure waren, mit denen er es hier zu tun hatte. Ein weiterer Gedanke sagte ihm aber, dass es in einem so riesigen Haus nicht schwer war, zu verschwinden, und das lange vor dem Eintreffen eines Streifenwagens. Es blieben ihm folglich nur Fragen, Vermutungen und die Aussicht, in der Rolle einige Antworten zu finden.

Kapitel 4

Erste Fakten

„Und was war in der Rolle?" fragte Lucia, die der Erzählung aufmerksam gelauscht hatte.

Sie war 23, von der Sonne braun gebrannt, hatte leuchtende, türkisfarbene Augen und hellbraune, beinahe dunkelblonde Dreadlocks, von denen ihr die längsten bis zwischen die Schulterblätter reichten. Sie trug zerschlissene aber bequeme und zweckdienliche Kleidung; Jeans, ein rotes T-Shirt, das ihr einige Nummern zu groß war, und darüber eine hellbraune Kapuzenjacke aus Baumwolle. Zusätzlich hatte sie schwere Lederstiefel an, die sie nur für längere Strecken zu schnüren pflegte. Ihre Fingernägel waren sehr kurz geschnitten und an jedem Finger – auch an den Daumen – trug sie einen schlichten Ring aus Edelstahl; die Ringe betonten die Schlankheit ihrer Finger.

Sie saß im Schneidersitz auf den Resten einer Mauer mit der immer weiter in der aufziehenden Nacht verschwindenden Stadt im Rücken. Das Licht des kleinen Lagerfeuers tanzte über ihr Gesicht und brach sich im halbvollen Weinglas, das sie mit beiden Händen hielt. Mit den Unterarmen hatte sie sich auf ihre Knie gestützt. Neben ihr stand eine Rotweinflasche auf der Mauer.

Das Feuer brannte im Westwerk einer mächtigen Kathedrale, welche auf einem Bergsporn saß, der wie der Bug eines gigantischen Schiffes nach Westen ragte, wo sich hinter der Stadt die endlose See erstreckte. Aus einem unerfindlichen Grund war das Gebäude nahezu frei von wuchernden Pflanzen; auch in der näheren Umgebung wuchsen fast ausschließlich Gräser und Blumen. Die Nordseite des Westwerks war irgendwann stark beschädigt worden, weshalb man von hier aus durch ein riesiges Loch über den noch vorhandenen Teil der Mauer hinweg – dieser wirkte wie ein sehr niedriger Tresen, der links und rechts je einen Durchgang von gut zwei Metern Breite besaß – nahezu die gesamte Hafenstadt überblicken konnte. Bei den Glockentürmen verhielt es sich so, dass der nördliche der beiden zwar nicht eingestürzt war, man aber aufgrund der Schäden nicht mehr über die Treppe ganz nach oben gelangen konnte; der zweite Turm hingegen war unversehrt. Der Schutt, der aus den Schäden am Westwerk hervorgegangen sein musste, war weit und breit nicht zu sehen; jemand hatte ihn allein oder mit Unterstützung vor Jahren oder gar Jahrzehnten beseitigt.

Einige Meter von Lucia entfernt lag ein Mann neben dem Feuer auf dem Rücken. Seine Arme hatte er hinter dem Kopf verschränkt, um so bequemer auf dem Boden liegen und zu ihr blicken zu können. Neben ihm stand ein leeres Weinglas. Auch seine Kleidung war abgetragen. Er trug Wanderschuhe, eine braune Hose mit Beintaschen und einen derben, grauen Wollpullover. Er hatte zerzaustes, dunkelblondes Haar und einen ebenso zerzausten Vollbart, den er dann und wann grob mit einer Schere stutzte – oder einem Messer, immer abhängig davon, was griffbereit war. Er war 29 und seine Augen zeigten eine Farbe, die je nach Lichteinfall mal zu Gelbgrün, mal zu Gelbbraun und dann wieder zu leichtem Orange tendierte. Unweit von ihm lehnte seine Gitarre an einem Holzstuhl.

„Bauzeichnungen", antwortete Cordh.

Lucia zog die Augenbrauen hoch, auch wenn sie sich bereits aufgrund der Größe der Rolle gedacht hatte, dass es sich um irgendwelche Pläne handeln würde. „Von was?"

„Von einem riesigen Bürogebäude."

Lucia nahm einen Schluck Wein. „Und was hatte es mit der ganzen Sache auf sich?"

Cordh richtete sich stöhnend auf – der harte Boden machte sich in seinen Knochen bemerkbar. Er blieb mit angewinkelten Beinen sitzen und stützte seine Unterarme auf die Knie. „Wenn ich das wüsste. Ein paar Tage später, nachdem Gwinard die Rolle aus seinem Spind mitgenommen, den Inhalt gesichtet und vorsorglich alles bei seinem Kollegen gelagert hatte, bekam er wieder Besuch. Er konnte also davon ausgehen, dass man ihn zumindest zeitweise beschattete.

Diesmal wurde an der Türe geklingelt. Ein Mann übergab ihm ein Schreiben, in welchem er mit knappen Worten gebeten wurde, binnen 24 Stunden eine Telefonnummer anzurufen und die Unterlagen auszuhändigen. Außer einer abschließenden Drohung stand nichts drin, also kam er bezüglich seiner Fragen kein Stück weiter."

„Sonderbare Geschichte."

Cordh nickte. „Der Mann stellte noch einen ordentlichen Finderlohn als Wiedergutmachung für die angerichteten Verwüstungen in Aussicht, ehe er ging. Zusammen mit der Drohung also Grund genug für Gwinard, die Rolle wieder an sich zu nehmen und die Nummer anzurufen. Am nächsten Tag kam ein anderer Herr vorbei. Es war der, dem Gwinard bei seiner Flucht die Schere ins Gesicht gerammt hatte. Man konnte ihn an der verarzteten Wunde erkennen. Er übergab wortlos einen Umschlag mit dem Geld und verschwand mit der Rolle."

„Und wenn sich Gwinard geweigert hätte?"

„Hätte man ihn umgebracht. Auch wenn er Teile der Unterlagen zurückgehalten hätte. So stand es im Brief."

Lucia nahm einen Schluck. „Woher weißt du das alles?"

„Es ist eine Art Familiengeschichte, wenn man so will, denn mein Ururgroßvater war der Arbeitskollege, der im selben Haus lebte, Byrd."

„Und wie lange ist das her?"

Cordh überlegte einen Moment. „Das müssten jetzt um die 127 Jahre sein. So ganz genau weiß ich das gar nicht mehr. Die Geschichte erzählte mir mein Großvater."

Lucia rechnete im Kopf. „29 Jahre vor dem ‚Gau'."

„Richtig." Cordh stand auf, griff sein Weinglas und trat zu Lucia, wo er die Flasche nahm und sich nachschenkte.

„Hat er je wieder etwas von den Leuten gehört?" Lucia trank den letzten Schluck, woraufhin Cordh ihr den Rest aus der Flasche ins Glas füllte.

„Nein." Er stellte die leere Flasche zurück auf die Mauer. „Er und mein Ururgroßvater wussten, wie das Spiel funktioniert. Sie konnten es nur dabei belassen, denn hätten sie damals die Polizei informiert, wäre diese Information über kurz oder lang garantiert bei den unbekannten Herren gelandet. Was das bedeutet hätte, wussten sie."

Sie hielten kurz inne, denn der Mann, der in einigen Metern Entfernung lag, stöhnte kurz auf. Lucia wollte schon aufstehen und zu ihm gehen, um nach seinem Befinden zu sehen, doch herrschte bereits wieder Stille aus seiner Richtung. Man konnte nur das Feuer und den Wind hören, der sanft vom Meer her wehte und die Kathedrale durch Ritzen und Löcher zum leisen Singen brachte.

„Ich frage mich, was an den Plänen so besonders war, dass man so einen Aufwand betrieben hat, um sie zu bekommen." Lucia schwenkte das Glas und betrachtete das Spiel aus Licht und Farbe.

Cordh nahm einige Holzscheite von einem kleinen Haufen nahe der Mauer und legte sie nacheinander in das Feuer. „Tja, gute Frage." Die Flammen umzüngelten sofort knisternd das kraftspendende Holz.

„Dürfte ich eure kleine Runde stören?" fragte eine Stimme, die aus dem Dunkel jenseits des Lagerfeuers kam.

Kapitel 5

Architecton

Aus dem Inneren der Kathedrale trat Beauford langsamen Schrittes näher.

„Natürlich", sagte Lucia und lächelte ihm zu.

Beauford war 58. Er hatte graues Haar, das ihm lockig bis zu den Schultern reichte. Er trug braune, abgewetzte Schuhe, schwarze Jeans und ein lockeres, dunkelblaues Hemd. Auffällig war, dass eine Brille auf seiner Nase saß. Diese konnte seine Kurzsichtigkeit zwar nicht ganz ausgleichen, aber lieber so als gar nicht. Er wusste um das große Glück, mit dessen Hilfe er sie gefunden hatte, weshalb er die Bügel mit einem Schnürsenkel verbunden hatte, damit er sie nicht einfach verlieren konnte. In seinem Besitz befand sich noch eine zweite Brille für den Notfall, der hoffentlich nie kommen würde; sie war noch schwächer.

Cordh nahm seine Gitarre vom Stuhl weg und lehnte sie neben Lucia an die Mauer, wo er stehen blieb und einen Schluck Wein nahm.

„Ich muss gestehen, ich belauschte eure Unterhaltung, weil ich aufwachte und nicht mehr einschlafen konnte", sagte Beauford und setzte sich auf den Stuhl, wobei er Cordh dankend zunickte. Er schlug die Beine übereinander und verschränkte die Arme vor der Brust.

„Bei der Akustik kann man hier auch nichts überhören", fand Lucia.

Beauford nickte. „Aber das ist nicht der Grund, weshalb ich aufgestanden bin. Ich kann etwas zum Inhalt eures Gespräches sagen."

Lucia und Cordh wurden hellhörig.

„Die Pläne, um die es ging, gehörten zu einem Projekt, welches allgemein als *Der Turm'* bezeichnet wurde", begann Beauford und blickte in das Feuer, das schräg vor ihm loderte. „Dabei handelte es sich um einen wuchtigen Bürokomplex in Form einer Säule. Anfangs sollte es eine dreieckige Konstruktion mit abgerundeten Ecken werden. Man entschied sich aber für die Säulenform. Soweit ich weiß, hatte das lediglich optische Gründe. Das Gebäude sollte standhaft und majestätisch wirken und zugleich Ehrfurcht erwecken. Die Fassade besaß 48 halbkreisförmige Vertiefungen entsprechend der Kannelierung alter Vorbilder. Zusätzlich wölbte sich die Fassade im unteren Drittel minimal nach außen und von da an bis zum oberen Ende nach innen, um die Ästhetik zu verbessern. Oben gab es dann wieder einen Sprung nach außen, was die Assoziation mit einer Säule verstärkte, da man unweigerlich an ein Kapitell und eine Tempelanlage der Antike denken musste, was auch gewollt war. Nichts beruhte auf spontanen Entscheidungen. Den Abschluss bildeten mehrere Etagen, die spiralenartig nach oben verliefen und in einer Glaskuppel endeten."

Beauford bemerkte die verwunderten Gesichter seiner beiden Zuhörer. „Woher ich das weiß? Darauf komme ich gleich zu sprechen, denn deshalb stand ich auf."

Lucia nahm einen Schluck Wein und sah weiterhin gebannt zu Beauford, während Cordh nickte und sein Glas auf der Mauer abstellte.

„An die Dimensionen und die Bauzeit der Anlage kann ich mich leider nicht mehr erinnern. Letztendlich zogen verschiedenste Firmen in das Gebäude. Es gab auch Tagungsräume und ganze Etagen, die nur alle paar Monate oder Jahre genutzt wurden, Lagerräume, Lagerhallen und Wohnungen, die ausschließlich von auserwählten Personenkreisen gekauft und bezogen werden konnten."

„Klingt nach einem ambitionierten Projekt", sagte Cordh. Er durchsuchte seine Hosentaschen und holte eine zerdrückte Schachtel Zigaretten und ein Feuerzeug hervor. Er bot Lucia und Beauford an, sich zu bedienen. Da beide abwinkten, zündete nur er sich eine geknickte Zigarette an und nahm einen tiefen Zug. Feuerzeug und Schachtel legte er neben das Weinglas auf die Mauer.

„Das war es durchaus."

Lucia setzte sich kurz aufrecht hin, um ihren Rücken zu strecken, und fragte: „Ist das auch eine kleine Familiengeschichte?"

Beauford lachte. „Ja, sogar mehr als bei Cordh, denn der Architekt war mein Großonkel. Und er war direkt in die Sache mit Cordhs Ururgroßvater verstrickt, denn er spielte den unbekannten Leuten verschiedene Unterlagen und Datenträger zu. Wieso es bei den Bauplänen nicht klappte, weiß ich nicht, denn alles andere fand ohne Probleme seinen Weg."

Lucia legte die Stirn in Falten. „Wie kam es überhaupt zu alledem?"

Beauford zuckte mit den Schultern und sah dabei hinaus in die Nacht, die mittlerweile angebrochen war. „Eines Tages meldete sich jemand im Büro meines Großonkels und verlangte einen Termin, um mit ihm etwas zu besprechen. Er dachte zunächst an einen Auftrag. Es erschienen zwei Männer, jeder vornehm in einem Anzug. Als man ihm dann einen Umschlag mit Bildern seines Hauses, der Häuser seiner beiden Kinder und deren Familien, Aufnahmen von den Arbeitsplätzen, Schulen, Schulwegen und den Wohnungen enger Freunde und deren Familien zeigte, wusste er, dass es um etwas anderes ging."

Cordh nahm einen tiefen Zug und griff sein Glas, um einen kleinen Schluck zu nehmen und es wieder abzustellen.

„Man verlangte sämtliche Unterlagen, die sich mit dem Projekt befassten. Man machte sich nicht einmal die Mühe, ihm nochmals zu drohen, nachdem er die vielen Fotos gesehen hatte."

„Und was wollte man damit?" fragte Cordh. „Und vor allem: Wer?"

„Das konnte mir mein Vater, von dem ich die Geschichte habe, nicht sagen. Irgendwann bekam mein Großonkel die Nachricht, dass alle Unterlagen vorhanden seien und er die Sache einfach vergessen soll. Namen fielen zu keiner Zeit. Von der Verzögerung bei der Übergabe der Bauzeichnungen in der Rolle wusste ich bis vorhin nicht einmal etwas.

Vielleicht stieg ein Kontaktmann aus oder es kam zu einem anderen Zwischenfall, wodurch die Papprolle nicht abgeholt werden konnte. Irgendwo muss jedenfalls ein Fehler vorgelegen haben, denn sonst wären die Pläne nie so lange in diesem Hinterhof geblieben. Und das unter den Umständen."

Beauford blickte zu Cordh. "Seltsam ist auch, dass man herausfinden konnte, wer die Sachen hatte."

"Vielleicht hatte dein Großonkel jemanden zur Beobachtung des Verstecks, um sich abzusichern", mutmaßte Cordh. "Man war nachlässig und stellte keine Fragen, als niemand erschien. Und dann dachte man fälschlicherweise, alles sei glatt über die Bühne gegangen. Für diese Kreise war es sicher kein Problem, der Lösung auf die Spur zu kommen."

"Möglich", sagte Beauford, der diese Annahme plausibel fand, da er keine weiteren Details kannte. "Nur gut, dass man nicht davon ausgegangen war, mein Großonkel wäre abgesprungen. Das hätte furchtbar enden können."

Lucia dachte nach und nahm einen Schluck Wein. "Das ist schon sehr merkwürdig."

"Ja", stimmte Beauford zu.

Sie schüttelte leicht den Kopf. "Ich meine nicht einmal die beiden Geschichten. Ich meine vielmehr, dass wir hier sitzen, Geschichten austauschen und es bei euren auch noch einen direkten Zusammenhang gibt; dass sich nach so vielen Jahrzehnten zufällig Nachfahren der damals beteiligten Personen treffen."

Cordh schaute stumm zu Beauford. Er musste Lucia Recht geben. Wäre der Mann nicht aufgewacht, hätte man wohl erst später – oder nie – von dieser Verbindung erfahren und jeder hätte seinen Teil der Geschichte als zusammenhangloses Fragment der Vergangenheit betrachtet.

Lucia blickte über ihre rechte Schulter hinweg nach oben, wo sie den Sternenhimmel sehen konnte. "Vielleicht ist das alles Bestimmung und wir sitzen nur hier, damit die Teile nach all der Zeit wieder zusammenfinden."

Cordh warf ihr einen flüchtigen Blick zu, denn ihm war, als hätte sie seine Gedanken gelesen.

„Nur schade, dass man sie der Nachwelt nicht erhalten kann", sagte Beauford.

Lucia nickte, ohne den Blick von den funkelnden Sternen zu nehmen. „Leider."

„Es ist auch fraglich, ob das etwas bringen würde", sagte Cordh, worauf niemand etwas entgegnete.

Beauford sah kurz zu dem Mann, der unweit der Feuerstelle lag. „Wie steht es um unseren Besuch?"

„Ich denke, er wird bald wieder bei Kräften sein und mit uns sprechen können", antwortete Cordh.

Lucia richtete den Blick auf den schlafenden Mann. „Ich frage mich, woher er kommt."

„Das werden wir demnächst erfahren."

Kapitel 6

Erwachen

Zwei Tage später war der Mann wieder so weit gestärkt, um längere Zeit laufen zu können. Schon nach einigen Minuten stand etwas fest, womit keiner gerechnet hatte: Der Unbekannte konnte sich nach eigenen Aussagen an nichts aus seinem Leben erinnern; er wusste nicht, wie er hieß, woher er kam und was vor seinem Auftauchen in der Stadt geschehen war. Der merkwürdigste Umstand war aber, dass er die Welt um sich herum nicht verstehen konnte.

Der stark abgemagerte Mann hatte einen wilden Bartwuchs und zerzauste, hellbraune Haare, die einige Jahre nicht mehr geschnitten worden waren. Am Hinterkopf hatte er eine Narbe, welche man aufgrund getrockneter Blutreste entdeckt hatte; die Verletzung konnte daher nicht weit zurückliegen. Möglicherweise handelte es sich dabei um die Ursache für den Gedächtnisverlust.

Der Mann saß in den späten Nachmittagsstunden vor dem Westwerk nahe der Spitze des Bergsporns auf einer Holzbank, die man vor einiger Zeit aus der Kathedrale getragen und hier – inmitten einiger Laubbäume – platziert hatte, und überblickte die Hafenstadt.

Die Kante des Bergsporns war umlaufend von den Resten eines Metallzauns gesichert, der sich unter dichtem Pflanzenwuchs verbarg. Hier und da sah man etwas Metall, doch war davon auszugehen, dass ein Großteil der Konstruktion der Zeit zum Opfer gefallen war; der Wall aus Rankenwerk, Disteln und anderen Pflanzen – darunter einige bunte Blumen – bildete aber eine natürliche und nicht minder effektive Barriere. Um den Bergsporn herum befand sich etwa 20 Meter tiefer am Hang eine halbkreisförmige Terrasse – der Radius betrug um die 180 bis 200 Meter –, auf der sich einer der Friedhöfe der Stadt befand. Man ging davon aus, dass es der älteste war, was man von der Nähe zur Kathedrale ableitete. Aus der unglaublichen Farbenpracht verschiedenster Büsche und Blumen ragten Grabsteine und Statuen hervor, die wie Wellenbrecher wirkten, wenn der Wind die bunten Wogen zum Leben erweckte. Von Gelb über Orange erstreckte sich das Spektrum, um dann in sanften Abstufungen zwischen Rot und Violett bis hin zu Blau zu fließen und in strahlendes Weiß überzugehen; es gab auch rosa Blüten, einige tiefschwarze und außergewöhnliche, in unterschiedlichen Tönen gemusterte. Zahllose Schmetterlinge und Bienen wetteiferten um den süßesten Nektar. Dem Rand der Terrasse war auf seiner gesamten Länge eine Reihe gigantischer Säulen vorangestellt, hinter denen ebenfalls ein Metallzaun unter Rankenwerk lag, das sich wie ein Teppich in den Friedhof erstreckte; die Ranken hatten die Säulen zum Großteil umhüllt und verloren sich zum Bergsporn hin am Boden nach und nach zwischen den Grabsteinen und den anderen Pflanzen.

Die Vegetation des großen Hangs – er war Teil einer Kette aus Hügeln und Bergen, die einen kammartigen Bogen formten, der links und rechts in der Ferne zum Meer hin abfiel und so die Stadt von seiner Seite aus rahmte – ging fließend in die verlassene Stadt über, die in den letzten Jahrzehnten immer mehr von der Natur zurückerobert worden war. In den Straßenschluchten hatten sich Wiesen, Wälder und Übergangsformen ausgebreitet, ebenso in und auf Häusern und deren Ruinen. Das einst rege, menschliche Treiben war dem der Tierwelt gewichen. Das Grün hatte auch herumstehende Fahrzeuge in sich aufgenommen, an denen nach und nach der Zahn der Zeit genagt hatte, bis so manches von ihnen weitgehend vergangen war.

Im Hafen und vor der Küste – das Meer hatte sich hier ungehindert einige Meter in das Land gefressen – konnte man zahlreiche Schiffswracks ausmachen, die teilweise wie Inseln wirkten, denn auch hier hatte sich im Laufe der Zeit die Natur niedergelassen und nicht wenige Pflanzen zur Blüte getrieben.

Der Mann ließ seinen Blick immer wieder über die Stadt schweifen, deren Fläche etwa 100 bis 120 Quadratkilometer betragen musste, und entdeckte dabei stets neue Dinge. Während im nördlichen Teil der Stadt Hochhäuser dominierten, behinderte im restlichen Gebiet kaum ein größeres Gebäude die Sicht in die Ferne.

Die Kathedrale befand sich rund 100 Meter über dem Meeresspiegel und fast genau im Scheitelpunkt des Bogens aus Hügeln und Bergen. Die Luftlinie bis zur Küste maß schätzungsweise fünf bis acht Kilometer. Von hier oben schlängelte sich eine breite Straße – oder was von ihr übrig geblieben war – den Hang hinab, und das so ausschweifend, dass sie nur ein geringes Gefälle besaß.

Man hatte den Mann, der grob auf Mitte 30 geschätzt wurde – durch den Bart und die allgemeine Verfassung konnte man auch weit daneben liegen –, während eines Streifzuges durch die verwilderten Häuserschluchten entdeckt, wo er sich im nördlichen Teil der Stadt am Rande seiner Kräfte orientierungslos Richtung Süden geschleppt hatte. Er war völlig verwahrlost gewesen und hatte bis zum Himmel gestunken. Man hatte ihm Wasser gegeben und ihn auf den selbstgebauten Karren gebettet, auf dem sich neben Kleidung und frisch gefangenen, bereits ausgenommenen Fischen auch einige Konserven befunden hatten, die – ungeachtet der Jahrzehnte – perfekt erhalten geblieben waren.

Nach der Ankunft an der Kathedrale hatte er eine Kleinigkeit gegessen und sich unweit hinter dem Gebäude gewaschen, wo man auf einer freien Fläche unterhalb einer Süßwasserquelle zwei Holzkonstruktionen errichtet hatte, die als Kabinen dienten. Der kleine Bach verlief quer durch die erste Kabine, die näher an der Quelle stand und in der man in einigen Regalen Sachen ablegen und sich in aller Ruhe der Körperpflege hingeben konnte, und verlor sich irgendwann im Grün des Berghangs. In der zweiten Kabine stand eine Badewanne, die sich jeder nach Lust und Laune bei Bedarf mit kaltem oder über einem Feuer erhitztem Wasser füllen konnte, um sich zu waschen oder einfach darin zu entspannen.

Die Notdurft konnte etwa 50 Meter weiter im Unterholz des umliegenden Waldes verrichtet werden, wo es einen kleinen, aus Holz gezimmerten Verschlag gab, der, wenn die ausgehobene Grube darunter voll war, bequem an eine andere Stelle gesetzt werden konnte.

Frisch gewaschen und neu eingekleidet hatte sich der Mann dankbar und dennoch extrem wortkarg den Magen vollgeschlagen, um dann erschöpft mehrere Tage zu schlafen, nur von kleinen Wachphasen unterbrochen, in denen er etwas aß, trank und sich für sein Geschäft in den Wald schleppte; für mehr wollte seine Energie noch nicht reichen. In all der Zeit hatte er sich nur auf den nötigsten Sprachgebrauch beschränkt, denn selbst das schien für ihn ein Kraftakt zu sein.

„Ich weiß gar nicht, womit ich beginnen soll", gestand er und kratzte sich das Kinn in seinem üppigen Vollbart. „Ich habe so viele Fragen."

„Ich würde sagen, dann solltest du eine nach der anderen stellen", sagte Lucia, die auf der Bank rechts neben dem Mann saß, den man nach einem Vorschlag von Beauford „Xenos" nannte – der Fremde.

Er nickte und sah zum Meer, wo sein Blick an der Linie des Horizonts hängen blieb.

Kapitel 7

Der Informant

Es war ein grauer, leicht verregneter Mittwoch.

Verla sah auf ihre Armbanduhr – 17:48 Uhr. Sie griff nach der Tasse Kaffee, die vor ihr auf dem kleinen Tisch stand und nahm einen Schluck. Ihr Blick wanderte wieder nach rechts aus dem Fenster des kleinen Cafés, in welchem sie seit einer Stunde saß.

Ihre Augen musterten blitzschnell die Menschen, die sich mal hektisch und mal in aller Ruhe durch die Einkaufspassage bewegten. Immer wieder betrachtete sie aufmerksam das Schaufenster des gegenüberliegenden Antiquariats.

„Wieso ausgerechnet dort?" war ihre Frage am Telefon gewesen. Das Gespräch lag zwei Tage zurück.

„Weil Bücher noch immer existieren", hatte die männliche Stimme knapp geantwortet.

„Was soll das bedeuten?"

„Nun, man dachte anfangs, das digitale Zeitalter würde gedruckte Werke vollkommen verdrängen. Die entsprechenden Kreise versuchten es, keine Frage, aber es gelang ihnen nicht." Nach einer kurzen Pause hatte der Mann hinzugefügt: „Für einige sind sie ein Symbol der Hoffnung."

Verla hatte noch etwas sagen wollen, doch die Leitung war bereits tot gewesen.

„Darf ich Ihnen noch etwas bringen?" fragte die freundliche Bedienung.

Verla überlegte. In der Tasse war noch ein Schluck und bald würde es so weit sein. Aufregung machte sich bereits in ihrem Körper breit und erfüllte ihren Bauch mit einer Mischung aus Kribbeln und Unwohlsein.

„Nein, danke", antwortete sie schließlich. „Ich möchte gerne zahlen."

Die junge Frau nickte lächelnd und studierte ihren kleinen Notizblock. Noch ehe sie mit der Addition fertig war, bemerkte sie, dass Verla ihr einen Geldschein reichen wollte.

„Der Rest ist für Sie", sagte Verla und wartete, dass die Bedienung den Schein nahm.

„Vielen Dank", sagte die Frau, machte sich eine kleine Notiz auf dem Block, steckte ihn in die Gesäßtasche und nahm ein kleines Säckchen aus Leder zur Hand, welches an einer Kordel am Gürtel ihrer Hose befestigt war. Sie nahm den Schein, zog das Säckchen auf und steckte ihn hinein. „Beehren Sie uns bald wieder und haben Sie noch einen angenehmen Tag!"

Verla lächelte, nahm den letzten Schluck Kaffee und richtete ihre Aufmerksamkeit erneut nach draußen.

Die Bedienung räumte das Geschirr vom Tisch und ging.

Der leichte Regen hatte aufgehört, was man daran erkennen konnte, dass viele ihren Regenschirm sinken ließen und das Gesicht zum Himmel richteten oder die offene Handfläche nach oben hielten.

Eine Geste des Empfangens, dachte Verla. Die einen warten in trockenen Zeiten darauf, dass es regnet, die anderen hoffen an grauen Tagen, dass es trocken bleibt und sich die Sonne zeigt.

17:55 Uhr.

„Ich werde zu dieser Zeit in das Geschäft gehen", hatte die Stimme gesagt. „Nicht eher und nicht später. Entweder begegnen wir uns, während ich mich dort aufhalte, oder nicht."

Sie erkannte einen Mann, der kurz am Schaufenster des Antiquariats stehen blieb. Er trug dunkle, unauffällige Kleidung, wie so viele, die ihn umgaben. Er beugte sich leicht nach vorn, als würde er ein Buch in der Auslage näher studieren. Dann wandte er sich ab und betrat nach einem kurzen Blick auf seine Armbanduhr den Laden.

Hastig griff Verla ihren Mantel, der über dem Nachbarstuhl hing, und erhob sich. Sie zog ihn an und nahm die Handtasche, die sie auf dem Tisch abgelegt hatte. Dann verließ sie das Café.

Beim Betreten des Antiquariats läutete die kleine Klingel, die über der Türe hing, und eine laute Männerstimme sagte: „Sehen Sie sich in Ruhe um! Falls Sie etwas kaufen möchten oder eine Frage haben, ich bin hier hinten!"

„Danke!" rief Verla zurück, die das Gefühl hatte, reagieren zu müssen, um nicht als potenzielle Diebin zu gelten.

Das Antiquariat war dunkel und eng. Überall standen Regale, die bis unter die Decke mit Büchern vollgestopft waren. Hier und da hingen Zettel, auf denen die im entsprechenden Regal vorhandenen Genres und Themengebiete verzeichnet waren. Auf einigen Tischen lagen sauber angeordnet Bücher aus und auf anderen türmten sie sich zu wackeligen Gebilden. Ein Großteil der übrigen Fläche am Boden war mit vollen Kisten und Kartons zugestellt. Die so entstandenen Gänge boten fast nur Platz für eine Person; man musste meist kurzzeitig den Platz räumen und in einen Seitengang ausweichen, wenn jemand an einem vorbei wollte, um ohne Umwege an sein Ziel zu kommen.

Verla sah sich um und suchte die Gänge und Nischen der einzelnen Räume ab, deren eigentliche Architektur durch all die gelagerten Bücher aufgelöst wurde. Nach einiger Zeit fand sie den Mann lesend vor einem Regal, in welchem Bücher rund um alte Kulturen zu finden waren. Sie gesellte sich zu ihm und nahm eines der Werke zur Hand.

„Haben wir miteinander telefoniert?"

„Normalerweise würde das nun etwas anders ablaufen", antwortete der Mann ohne Umschweife, „aber momentan gerät alles außer Kontrolle." Sein Blick blieb auf das Buch gerichtet.

„Wollen Sie mir damit sagen, dass Sie nichts für mich haben?" fragte Verla fassungslos. Sie warf dem Mann einen wütenden Blick von der Seite zu. Da war sie seit Monaten an dieser Geschichte dran und nun das. So würde es nichts mit ihrem Enthüllungsroman werden, der sie aus der Welt der Zeitungsartikel holen sollte.

„Es ist aktuell unerheblich, ob ich etwas für Sie habe."

„Weshalb?" Sie stellte das Buch an seinen Platz zurück, ohne auch nur den Titel gelesen zu haben.

Der Mann klappte das Buch zu und legte es auf einer Bücherreihe ab. „Das werden Sie bald erfahren." Er zwängte sich ungefragt an Verla vorbei. Als er hinter ihr war und sich notgedrungen stark an sie presste, flüsterte er ihr ausdruckslos, regelrecht beiläufig zu: „Entweder Sie hören von mir oder nicht, auch wenn das bald Ihre geringste Sorge sein wird."

Sie zog fragend die Augenbrauen nach oben und wollte etwas sagen, doch der Mann war schon aus dem Gang verschwunden.

„Kann ich Ihnen helfen?" fragte der Antiquar, der am anderen Ende des Gangs aufgetaucht war. Er war ein älterer Jahrgang mit einem kleinen Bauch und einer Halbglatze. Seine verbliebenen Haare hatte er zu einem Zopf gebunden und um seinen Hals hing eine Lesebrille. Er trug mehrere Bücher, die er einsortieren wollte.

„Vielleicht ein anderes Mal", sagte Verla offen und machte sich daran, den Ausgang zu suchen.

„Sie wissen ja, wo Sie mich und meine Bücher finden", sagte der Mann lachend und ging zu seiner Arbeit über.

Wieder auf der Straße angekommen, stellte Verla fest, dass der leichte Regen erneut eingesetzt hatte. Sie sah sich kurz um – keine Spur von dem Informanten. Nach einem Blick auf ihre Armbanduhr mischte sie sich unter die Menschen, um noch einige Besorgungen zu machen.

Kapitel 8

Der Gau

Verla saß in einem Taxi und freute sich auf ein entspannendes Bad bei einem Glas Wein. Sie sah aus dem Fenster und betrachtete die vorbeiziehenden Lichter der Stadt. Es war 23:27 Uhr.

Der Wagen hielt, da eine Ampel auf Rot gesprungen war.

Sie blickte nach vorn und erkannte, dass zwei Autos vor dem Taxi standen. Links auf der Nachbarspur befand sich ein Transporter und vor diesem ein LKW. Rechts sah sie einen in die Höhe ragenden Wolkenkratzer. Zahlreiche seiner Fenster waren erhellt; entweder wurden Überstunden gemacht oder eine Reinigungsfirma tat ihre Arbeit.

Das Taxi fuhr weiter und bog zwei Kreuzungen später ab, um sich im Straßenlabyrinth seinem Ziel zu nähern.

Nach etwa 10 Minuten stand Verla vor der Haustüre und suchte im Schein der Beleuchtung, die sich darüber befand, den richtigen Schlüssel. Sie sperrte auf, trat ein und drückte auf den Lichtschalter des Treppenhauses. Dann sperrte sie die Türe hinter sich ab und lief den schmalen Gang Richtung Treppe. An ihrem Briefkasten blieb sie stehen und holte einige Briefe und die versprochene Urlaubspostkarte einer Freundin heraus; bei den Briefen handelte es sich ausnahmslos um Rechnungen und Werbeschreiben. Sie steckte die Postkarte in ihre Handtasche und die Briefe in die Einkaufstüte. Dann stieg sie die Treppe hinauf.

Sie war gerade zwischen der zweiten und der dritten Etage, als das Licht ausging. Entnervt lief sie vorsichtig die Treppe weiter nach oben, nur um festzustellen, dass die Hilfsbeleuchtung des Lichtschalters auch ausgefallen war. Sie tastete sich daher in der Dunkelheit an der Wand entlang – der Lichtschalter funktionierte erwartungsgemäß nicht –, um etwas Halt und Orientierung zu haben, und nahm die restlichen Stufen bis hinauf in die vierte Etage in Angriff. An der Wohnungstüre probierte sie notgedrungen fast jeden Schlüssel durch, da sie kein Feuerzeug oder eine andere Lichtquelle bei sich hatte, bis sie endlich sicher in ihren vier Wänden war, wo die Lampen auch nicht funktionieren wollten.

„Super", sagte sie zu sich selbst und stellte die Handtasche und die Einkaufstüte blind neben der Garderobe auf einer Kommode ab, deren obere Schublade sie nach der Taschenlampe durchsuchte, die sich für derartige Zwischenfälle darin befand.

Es fühlte sich gut an, als der Lichtschein der Umgebung ein Gesicht gab. Augenblicklich sperrte sie die Türe zweimal ab und hängte die Sicherheitskette ein. Dann machte sie kehrt und steuerte die Küche an, wo sie aus einem der Schränke eine Packung mit Kerzen nahm und aus einem anderen einen Kerzenständer, der eine Kerze aufnehmen konnte. Auf dem Kühlschrank fand sie ein Feuerzeug.

Nachdem sie die Kerze eingesetzt und angezündet hatte, knipste sie die Taschenlampe aus und legte sie auf den Tisch. Sie wollte gerade den Kerzenständer nehmen und ihre Handtasche und die Einkaufstüte holen, als ihr Blick beiläufig zum Fenster fiel. Ungläubig trat sie an die Scheibe, um eine bessere Sicht zu haben.

Normalerweise sah man von hier aus auf der anderen Seite des Flusses zahlreiche Lichter der Stadt, die sich auch im Wasser spiegelten, doch Verla konnte außer den Fahrzeugen, die auf der Straße am Flussufer standen oder nur langsam rollten, nichts ausmachen, das sich von der gähnenden Schwärze abhob.

Was sie anfangs für einen gewöhnlichen Stromausfall gehalten hatte, entpuppte sich in kürzester Zeit als weitaus mehr. Nachdem die Nachbarin von gegenüber bei ihr geklopft hatte – eine ältere Dame, die gerne für ihre Kinder, Enkel und die Bewohner des Hauses Kuchen und verschiedenes Gebäck buk –, hatten sie sich zusammen mit den anderen Hausbewohnern in der Wohnung eines Studenten versammelt, wo man über ein mit Batterien betriebenes Radio, mit welchem man einen verbliebenen Sender gefunden hatte, Stück für Stück Informationen zur aktuellen Lage erhielt.

Das gesamte Stromnetz war zusammengebrochen, und das nicht nur in der Stadt, sondern landesweit – und daraus resultierend auch die flächendeckende Versorgung mit Wasser und Gas. Sämtliche Wege der Kommunikation waren ausgefallen; nur einige kleine Radiostationen, die zum Beispiel über ein dieselbetriebenes Notstromaggregat verfügten, waren noch vorhanden – oder private Funker, die eine ähnliche Notversorgung hatten. So begann sich nach und nach ein *Netzwerk* zu formen, über das Informationen an all jene verbreitet wurden, die eine Empfangsmöglichkeit besaßen. Unter all den Meldungen befand sich jedoch keine, die mit Bestimmtheit sagen konnte, wo die eigentliche Ursache für das gigantische Chaos lag, das auf einmal ausgebrochen war.

Die Hausbewohner verbrachten die ganze Nacht am Radio. Die Aufregung ließ sie so wenig schlafen wie die Befürchtung, etwas zu verpassen. Fast alle 10 bis 15 Minuten kamen neue Informationen aus dem *Netzwerk*, welche die Ausmaße und Tragweite der Geschehnisse verdeutlichten, wodurch jeder Zuhörer eines erkennen musste: Der Stromausfall war nur die Spitze des Eisberges.

Kapitel 9

Der Tag Null

„Und was passierte dann?" fragte Xenos.

Lucia beugte sich nach vorn, verschränkte die Hände und stützte sich mit den Unterarmen auf ihren Oberschenkeln ab. „Am nächsten Tag machte sich meine Ururgroßmutter daran, Bekannte und Verwandte in der Stadt aufzusuchen und sich zu erkundigen, wie es ihnen ging.

Überall war ein heilloses Durcheinander, dem auch die Polizei nicht Herr werden konnte. Viele Leute kauften alles Mögliche auf Vorrat und es dauerte auch nicht lange, bis die ersten Plünderungen begannen, was leider eine normale Entwicklung in solchen Zeiten war. Anfangs fuhren noch Wagen umher und verstopften aufgrund der ausgefallenen Ampeln teilweise die ganze Stadt, weil sich viele auf den Weg zu Angehörigen außerhalb machten, um gemeinsam mit ihnen auszuharren."

Xenos nickte und warf Lucia einen gespannten Blick zu, ehe er sich wieder der beeindruckenden Aussicht widmete.

„Aber schon ein oder zwei Tage später gab es an keiner Tankstelle mehr Treibstoff. Geschäfte waren leergeräumt und die Kriminalitätsrate schoss sprunghaft in ungeahnte Höhen. Die Polizei fuhr mit Lautsprechern durch die Straßen und verkündete, dass man zuhause bleiben und abwarten solle. Das war alles. Es gab ja keine Möglichkeit, bei einem Zwischenfall die Polizei, den Notarzt oder die Feuerwehr zu verständigen. Somit war abzusehen, dass sich die ganze Stadt nach und nach in einen Hexenkessel verwandeln würde.

Durch das *Netzwerk* wurden unterdessen immer schlimmere Nachrichten verbreitet. Kraftwerke, Pipelines, Staudämme und die wichtigsten Versorgungsleitungen aller Art waren explodiert, Bohrinseln standen in Flammen, genauso wie Erdölraffinerien, Getreidefelder, zahllose Industrieanlagen und Firmensitze. Hinzu kam, dass neben Führungspersonen aus der Wirtschaft auch viele Personen aus der Politik Anschlägen zum Opfer gefallen waren, was dazu führte, dass es keine offizielle Regierung mehr gab. Angesichts der Umstände verschlimmerte das allerdings nicht einmal die Gesamtsituation.

Viele Flugzeuge, die nicht durch den plötzlichen Kommunikationsausfall zur Rückkehr zum Startflughafen oder zu einer Notlandung gezwungen worden waren, brachten die Information mit, dass die katastrophalen Umstände auch in den Nachbarländern herrschten. Andere Flugzeuge, die 12 und mehr Stunden in der Luft gewesen waren, bestätigten die Vermutung, dass die Zwischenfälle globale Ausmaße besaßen. Ähnliche Berichte kamen nach und nach von einlaufenden Schiffen, teilweise Wochen später. So manche Besatzung traf es wie ein Blitz, als sie in einem brennenden Hafen vor Anker ging und unvorbereitet dieser neuen Situation begegnen musste, nachdem man Ewigkeiten auf sich allein gestellt gewesen war und nur mittels Karten, Kompass und Sextant hatte navigieren können."

„Wie lange konnte das *Netzwerk* denn aufrecht erhalten werden?"

„Ein paar Wochen. Es wurde nach und nach dünner, da es immer schwieriger wurde, an Treibstoff für die Generatoren zu kommen. Einige Stationen hatten Unterstützung und konnten den Informationsfluss wenigstens teilweise aufrecht erhalten. Große Alternativen gab es nicht, denn kaum jemand hatte Zugang zu unabhängigen und noch leistungsfähigen Stromquellen aus Wind, Wasser oder Sonnenlicht."

„Schlagartig war alles Jahrzehnte, stellenweise sogar Jahrhunderte zurückgeworfen worden", erklärte eine Person, die sich von hinten näherte.

Lucia und Xenos drehten sich um und erkannten Forg, der eine offene Konservendose hielt und daraus etwas löffelte, das wie ein Eintopf aus Kartoffeln, Karotten und kleinen Zwiebeln aussah.

„Durch den Wegfall der Treibstoffversorgung konnten einfachste Dinge nicht in dem Umfang erledigt werden, wie es nötig gewesen wäre. Zum Beispiel der Anbau und die Ernte von Getreide, das zu einem Großteil vernichtet worden war. Aber selbst wenn das gelungen wäre, hätte man es nicht wie bisher verarbeiten und transportieren können." Er blieb links von ihnen neben der Bank stehen.

Forg war ein schlanker, zäher Kerl mit von Wind und Wetter gegerbter Haut. Sein nackter Oberkörper zeigte kein Gramm Fett. Er trug eine Tarnhose – weiß und blau – und war barfüßig. Trotz seines Alters von gerade einmal 39 Jahren hatte die Zeit bereits Zeichen in seinem Gesicht hinterlassen, das von einem sehr bewegten Leben erzählte. Sein braunes Haar schnitt er regelmäßig selbst sehr kurz, was er in all den Jahren zur Perfektion gebracht hatte und daher auch nebenher erledigen konnte, während er den Hauptteil seiner Aufmerksamkeit einer anderen Sache schenkte.

„Und schlagartig gesellten sich zu den Streitigkeiten um Vorräte, die nicht selten mit Waffengewalt ausgefochten wurden, auch Hunger und Tod", erklärte Lucia. „Die fehlende Versorgung mit Medikamenten und sauberem Wasser ließ zudem Krankheiten um sich greifen, wobei auch solche zu neuer Blüte fanden, die in den meisten Gegenden als ausgerottet galten. Wie die Pest."

Forg kaute und ließ den Löffel in der Dose, welche er neben Xenos auf der Bank abstellte. „Die Geschichte klingt sehr apokalyptisch." Er suchte in seinen Beintaschen nach Zigaretten und einem Feuerzeug. „Und es war auch eine Apokalypse, die sich über viele Jahrzehnte erstreckte." Er steckte sich eine Zigarette in den Mundwinkel, bot Xenos und Lucia auch eine an – nur Lucia griff zu – und gab ihr und sich Feuer. Er nahm einen kräftigen Zug und atmete geräuschvoll und genüsslich aus. Die Schachtel und das Feuerzeug steckte er wieder ein, ehe sein Blick über die Hafenstadt glitt. „Da unten siehst du, zu was es führte. Alle Errungenschaften aus Technik und Medizin wurden bedeutungslos, denn durch die Zerstörungen war es unmöglich, alle Menschen wie vorher zu versorgen und eine neue Infrastruktur aufzubauen. So seltsam es sich auch anhören mag: Es gab zu viele von uns. Man könnte meinen, viele Hände bedeuten viel Ertrag. Aber durch Maschinen und effiziente Abläufe waren nur noch die wenigsten in der Lage, grundlegende Dinge mit Fachwissen und den eigenen Händen zu bewerkstelligen. Davon abgesehen wurde alles durch Neid und den Überlebenstrieb der Masse im Keim erstickt; es gab keine einheitliche Richtung mehr, aber genau die wäre für einen Neuanfang nötig gewesen. Ein Bauer im tiefen Nirgendwo konnte seine Familie problemlos ernähren, auch ohne Strom, genau wie vor 2000 Jahren. Aber Städte mit 160 Millionen Einwohnern kollabierten einfach."

„Ein selbstgemachtes Ende", fügte Lucia hinzu und ließ etwas Asche auf den Boden fallen, „das vor 98 Jahren mit dem Stromausfall begann. Und irgendwann war auch das *Netzwerk* verschwunden, weil es entweder keinen Treibstoff mehr gab, die beteiligte Technik versagte oder niemand mehr in der Lage war, die Nachrichten zu empfangen."

Forg trat einige Schritte nach vorn, um über den Rankenwall hinweg nach unten auf den Friedhof zu blicken. „Ganz so einfach war die Sache nicht." Er sah zu Lucia. „Das trifft übrigens auf einige Dinge zu."

„Wir sind dann wohl der traurige Rest", sagte Xenos und sah fragend erst zu Lucia und dann zu Forg.

„Ja", war die knappe Antwort Forgs. Er drehte sich zu den anderen um. „Das Massensterben raffte immer mehr dahin und es bildeten sich nach und nach Gruppen, die zwischen Leichenbergen und Verfall um ihr Überleben kämpften. Unnötig zu erwähnen, dass sich diese Zusammenschlüsse auch gegenseitig auslöschten.

Während die Natur Schritt für Schritt zu alter Stärke fand, lichteten sich die Reihen der Menschen. Geschichten, genau wie die, die du bisher gehört hast, wanderten wieder von Mund zu Mund, wie es früher der Fall gewesen war, und alles spielte sich in einem kleineren Rahmen ab. Beispielsweise habe ich keine Ahnung, wie es um die anderen Kontinente steht. Aber da in den knapp 100 Jahren niemand kam, um hier einen Aufbau zu starten, muss man davon ausgehen, dass es überall gleich aussieht. Immerhin haben wir Glück, denn in diesen Breitengraden gibt es keinen Winter mit Eis und Schnee. Zudem sind in raueren Gebieten kaum noch Gebäude vorhanden, in die man sich zurückziehen kann. Es soll sogar Großstädte geben, die komplett verschwunden sind, wo nicht einmal mehr eine Mauer darauf hinweist, dass es dort einmal ganz anders aussah."

„Vielleicht kamst du deshalb aus dem Norden", vermutete Lucia und sah zu Xenos. Sie zog an der Zigarette.

Dieser zuckte nur betrübt mit den Schultern, da er dazu nichts sagen konnte. Er versuchte sich zu erinnern, doch es half nichts; alles begann kurz vor dem Zusammentreffen mit den Mitgliedern dieser Gruppe. Er ließ seine Bemühungen ruhen und wandte sich stattdessen an Forg: „Ich frage mich, woher ihr das alles wisst. Die Geschichten hast du eben erwähnt, aber woher habt ihr euer Allgemeinwissen? Man kann ja zum Beispiel nicht alle Früchte essen."

„Der eine zeigt es dem anderen. Man wächst damit auf und nebenher erfährt man dies und das aus der Vergangenheit oder andere Dinge, die nicht zwingend nötig sind, um überleben zu können. Man lernt meist von klein auf, wie man jagt, wie man Wasser findet und wo man mit etwas Glück noch eventuell verwertbare Nahrung und andere Sachen aus der alten Zeit aufspüren kann."

Xenos sah auf die rostige Dose.

„Die damaligen Umstände ließen so manchen Keller und Lagerraum in Vergessenheit geraten, trotz aller Plünderungen. Es ist teilweise unglaublich, was man finden und nach all den Jahrzehnten noch essen und nutzen kann. Kleidung und Dinge des alltäglichen Bedarfs, wie ein Messer oder Seife. Bei einigen Sachen kann man sich wirklich nur wundern. Letztendlich ist man bei jedem Fund froh, dass niemand vor einem zugreifen konnte." Er hob verdeutlichend die Zigarette. „Unten in der Stadt kann man auffallend viele Dinge entdecken. Ich frage mich oft, was hier wohl passiert ist, denn es macht keinen Sinn, dass so vieles nicht aufgebraucht oder mitgenommen wurde." Er zuckte mit den Schultern.

„Ich weiß auch so manches, woher auch immer", begann Xenos, „und genau deshalb hätte ich eine Frage." Die Tatsache, Dinge zu wissen und sich derer sicher zu sein, ohne eine Ahnung davon zu haben, woher er sie hatte, bereitete ihm starkes Kopfzerbrechen.

„Nur zu", sagte Forg und nahm einen tiefen Zug.

Xenos suchte nach den richtigen Worten. „Ist es nicht schon immer so, dass eine hohe Sterberate von der Natur mit einer hohen Geburtenrate ausgeglichen wird?"

„In der Natur vielleicht, ja", antwortete Lucia, ließ den Zigarettenstummel fallen und trat darauf, um die Glut zu löschen. „Aber in unserem Fall, um es einmal so zu sagen, kam der Umstand hinzu, dass Unfruchtbarkeit und Zeugungsunfähigkeit immer häufiger auftraten. Zudem ließ der Geschlechtstrieb bei der Mehrheit nach oder er verschwand sogar komplett. Wie der Gesamtzusammenhang ist, kann ich nicht sagen. Vielleicht gibt es eine natürliche Ursache oder es wurde damals irgendwo ein Gift freigesetzt, das diese Wirkung hatte."

„Davon hörte ich auch Geschichten", sagte Forg. „Aber wie viel Wahrheit darin steckt, kann ich nicht beurteilen."

„Man wird allerdings, wenn man es nüchtern betrachtet, leicht dazu verleitet, an eine Art Plan zu glauben, an eine Vorherbestimmung oder eine alles regulierende Kraft", sagte Lucia. „Für so etwas habe ich eine Schwäche."

Und damit begann sie, einige ihrer Theorien zu schildern, die auch Forg bisher noch nicht von ihr gehört hatte. Diese begannen bei unausweichlichen Reihen von Begebenheiten und Naturordnungen, die wahrscheinlich ein höheres Wesen erdacht hatte – noch lange vor dem Urknall – und endeten schließlich bei Überlegungen, dass möglicherweise nichts von alledem real war.

Sie unterhielten sich – wobei Xenos meist nur zuhörte – und tauschten Gedanken aus, während sich die Sonne immer weiter dem Horizont näherte und bald darauf den Abend anbrechen ließ …

I. Zwischenspiel

Fragment

Er hielt an.

Er wusste nicht, wie lange er schon unterwegs war. Auch konnte er in seinem Gedächtnis nicht ausmachen, woher er kam und wohin er wollte. Ihm war, als sei er in Trance bis hierher marschiert und erst in diesem Augenblick wieder Herr über seine Sinne und seine motorischen Fähigkeiten geworden.

Er stand auf einer weitläufigen Lichtung. Hier wuchsen Gräser und bunte Blumen – vornehmlich in Abstufungen zwischen Blau und Violett, doch auch Rot und Orange waren vertreten –, während sich im Schatten der umgebenden Bäume Meere aus Farn und Moosteppiche den Lebensraum teilten. In den Kronen der Bäume zwitscherten allerlei Vögel und im Gras zirpten Grillen; Bienen, Hummeln und Schmetterlinge flogen unterdessen emsig von Blüte zu Blüte.

Sein Blick richtete sich gen Himmel, der über und über mit Schäfchenwolken bedeckt war, die langsam nach links – ostwärts – zogen. Er drehte sich kurz um und sah auch dort nichts als Wiese und Wald. Er konnte folglich nur seine Laufrichtung beibehalten, um so vielleicht zu erfahren, wo sein Ziel lag; immerhin musste es einen Grund dafür geben, hier unterwegs zu sein.

Sein Magen knurrte. Zusätzlich plagten ihn die ausgedörrte Kehle und der trockene Mund. Seine Lippen waren spröde und die Finger leicht geschwollen; er brauchte dringend Wasser und Salz. Die verschwitzte Kleidung klebte förmlich an seiner Haut und er roch, als hätte er sich seit Ewigkeiten nicht mehr gewaschen; die fettigen Haare waren ein regelrechter Klumpen, in welchem all das hing, was sich beim Durchstreifen der Wiesen und Wälder darin verfangen hatte. Und zu allem Überfluss juckte sein Vollbart an jeder Stelle.

Er atmete tief durch und setzte den ungewissen Weg fort. Bereits beim Erreichen der ersten Baumreihen am Rande der Lichtung war er wieder in einen Trott verfallen, der die bewusste Wahrnehmung der Umgebung und die seines Zustandes verdrängte.

Mechanisch setzte er einen Fuß vor den anderen, kämpfte sich durch Gestrüpp und über umgestürzte Bäume, während das Gelände langsam anstieg – ein Umstand, den er nicht registrierte; auch Hunger und Durst traten wieder in den Hintergrund.

Irgendwann drückte er Zweige und Äste aus dem Weg, um ein Vorankommen zu ermöglichen, und verließ bald darauf in geduckter Haltung die Schatten des Waldes. Die letzten Zweige schnellten raschelnd in ihre alte Position zurück und es war, als würde das Sonnenlicht, das sich hier ungehindert entfalten konnte, den geistlosen Zustand mit einem Mal von ihm nehmen.

Er blickte hinab auf eine große Stadt, in welcher sich das dreckige Grau von Beton mit dem satten Grün von Bäumen abwechselte. Der Bergkamm, auf dem er sich befand, erstreckte sich bogenförmig zu seiner linken Seite, während er rechts das Meer und zahlreiche Schiffswracks vor der Küste sehen konnte. Schwärme von Seevögeln bevölkerten schreiend die Lüfte.

Schlagartig wurde ihm bewusst, dass es dort unten irgendwo Wasser und Nahrung geben musste, was ihn dazu brachte, sich an den Abstieg zu machen, ehe er Gefahr laufen konnte, während einer Pause von seiner Schwäche übermannt zu werden.

Die ersten Ausläufer der Stadt waren Ruinen von Einfamilienhäusern, die sich von dem dichten Unterholz des dortigen Waldes abhoben. Dann tauchten im Gras erste Spuren von Asphalt auf und schrittweise immer mehr Überreste der einst wahrscheinlich sehr prächtigen Stadt, während die Vegetation im gleichen Zuge merklich abnahm.

Vor einem der Eingänge hinab zur Metro blieb er stehen. Die Treppe war über und über mit einem dicken Moosteppich bedeckt, ebenso die Wände und weiter unten die Decke, wodurch ihn die Öffnung in den Untergrund an einen mächtigen Schlund erinnerte. Im Dunkel konnte er nur Wasser erkennen, das die Tunnel geflutet hatte, weshalb er den Blick abwandte und seinen Weg fortsetzte, vollkommen überfordert von all den Straßen und Möglichkeiten.

Aus einem Hochhaus wuchsen zahllose Bäume und ein großer Platz lag völlig verborgen unter Efeu, der sich auf dem Boden ausgebreitet und die umliegenden Gebäude nahezu komplett vereinnahmt hatte. Eichhörnchen jagten sich gegenseitig durch eine Halle, in der alles von Moos und Farn bedeckt war und in welcher Bäume wuchsen, die den Anschein erweckten, sie würden die Decke tragen; Rankenwerk hing teilweise wie ein Vorhang von den Ästen herab und wiegte sich leicht im Wind, der den salzig frischen Duft des Meeres mit sich trug. Ein alter Brunnen war der Ursprung für zahllose Fliedersträucher, die in voller Blüte standen und wie eine erstarrte Explosion wirkten, die aus dem Boden nach allen Seiten hin hervorgebrochen war. Umgeben war alles von Lavendel. Der von diesem Ort ausgehende Duft erfüllte die gesamte Gegend. In einer schmalen Gasse war der Boden über und über mit blauen Blumen bedeckt – hier und da machte das Auge auch eine in roter Farbe aus –, während von den Wänden Ranken hingen, die ihren Ursprung hoch oben auf den Dächern hatten. Und er sah eine Fußgängerüberführung, auf der Bäume wuchsen, deren kräftige Wurzeln so massenhaft bis zum Boden reichten, dass man annehmen musste, dass die Konstruktion ohne sie längst eingestürzt wäre.

Er schleppte sich weiter durch die von Vogelgesängen erfüllte Stadt, regelrecht berauscht von all den Farben und Gerüchen, ehe er von einigen Personen angesprochen wurde, die ihn ohne Umschweife stützten und ihm etwas Wasser gaben ...

Kapitel 10

Beauford

Lucia kletterte über die Wurzeln eines mächtigen Baumes, der im Eingangsbereich eines ehemaligen Hotels gewachsen war, und trat aus dem Schatten der Krone. Sie hielt eine kleine Holzschachtel und näherte sich damit Beauford, der auf einer Mauer saß und sich mit seinem alten Feuerzeug eine Zigarette anzünden wollte.

„Nicht so eilig!" ermahnte ihn Lucia, stellte sich vor ihn und präsentierte die Schachtel, die sie langsam öffnete, um etwas Spannung aufzubauen.

Beauford steckte die Zigarette zurück in die Packung in der Brusttasche seines Hemdes, als er erkannte, was Lucia da zu Tage gefördert hatte. Er nahm die Holzschachtel entgegen. „Ich habe seit mindestens fünf Jahren keine so gut erhaltenen Zigarren mehr gesehen."

Lucia setzte sich zu seiner rechten Seite auf die Mauer. „Ob sie noch schmecken?"

Beauford legte das Feuerzeug ab und inspizierte die Zigarren, die allesamt perfekt aussahen. „Das kann man nur praktisch in Erfahrung bringen. Wo hast du sie gefunden?"

„In einem Schrank im Keller unter einem Haufen Gerümpel", sagte sie. „Es war dunkel und kühl."

„Und durch die Nähe zum Meer keinesfalls zu trocken", vermutete Beauford.

Lucia sah nach rechts, wo sie in einiger Entfernung den Karren sehen konnte, auf welchem sich neben einem Eimer mit Wasser und frisch gefangenem, ausgenommenem Fisch noch allerlei Dinge befanden, die sie im Laufe ihrer heutigen Tour gefunden hatten. Die anderen waren ausgeschwärmt, um die Gebäude in der Straße nach nützlichen Dingen zu durchforsten.

Hinter der fast vollständig mit Moos bedeckten Mauer befanden sich riesige Büsche mit prächtigen, süßlich duftenden Blüten. Der Gehweg vor der Mauer war nur noch eine Ansammlung von Geröll, das man im Gras kaum erkennen konnte, während die Straße ebenfalls zu großen Teilen einer Wiese gewichen war, auf der es kaum Blumen gab, die das Grün auflockerten.

Beauford hatte vorsichtig eine Zigarre entnommen und die Schachtel links neben sich auf das weiche Moos gelegt. „Scheint nicht brüchig zu sein." Er begutachtete die Zigarre aufmerksam von allen Seiten.

Lucia, die bereits mit ihren Gedanken ganz woanders war, sah hinauf zum Himmel, der wolkenlos sein schönstes Blau zur Schau stellte.

„Wollen wir?" fragte Beauford grinsend und vergewisserte sich, dass die anderen nicht in Sichtweite waren.

Lucia nickte und grinste ebenfalls, da die Situation etwas Kindliches hatte; es ging immerhin um ein Geheimnis, das sie für sich behalten würden.

„Mehr als zerfallen oder nicht schmecken kann sie nicht", meinte Beauford, schnitt mit seinem Taschenmesser vorsichtig eine kleine Kerbe in die geschlossene Seite, nahm sein Feuerzeug zur Hand und steckte die Zigarre paffend an. Er dachte bei sich, dass es grandios gewesen wäre, hätte in der Schachtel noch eine Packung Streichhölzer gelegen.

„Ich weiß auch nicht, aber irgendwie kam ich nie dazu, dich zu fragen, über welche Wege und Umwege du hierher gefunden hast", sagte Lucia und nahm die Zigarre entgegen, um zu probieren.

Beauford drehte das Feuerzeug in den Händen und sah nach links die Straße entlang, an deren Ende ein Hain den Blick auf die Schiffswracks im Hafen blockierte. „Das kann ich dir beantworten: Ich war seit meiner Geburt in ab und zu wechselnden Gruppen, bis ich meiner späteren Frau begegnete und in ihrer Gruppe blieb. Vor etwa drei Jahren entschieden wir, uns allein durchzuschlagen, da es immer wieder Streitigkeiten innerhalb der Gemeinschaft gab."

„Zum Beispiel?"

„Manche wollten mehr als andere, weil es ihnen angeblich schlechter ging oder ihnen mehr zustand, und einige hatten ein zu starkes Geltungsbedürfnis und pochten darauf, bei wichtigen Entscheidungen ihren Teil beizutragen. Am Ende wusste man nie, ob nicht einer von ihnen durchdrehen und jemanden umbringen würde."

„Das klingt ja nicht so berauschend", sagte Lucia und gab die Zigarre zurück. Sie fand das milde Aroma angenehm und fragte sich, ob es die Zeit überdauert hatte oder ob es durch sie erst entstanden war.

„Ich meine, sieh dich um", sagte Beauford und blickte demonstrativ umher. „Die Zeiten sind rau und hart, da muss man sich entweder aufeinander verlassen können oder sich allein durchschlagen." Er paffte. Zigaretten zu finden war schon nicht einfach, doch ein solcher Fund war wie ein Geschenk des Himmels.

Lucia nickte und sah zum Karren in der Ferne, wo Cordh etwas ablegte, ihr kurz winkte und wieder in einem der Häuser verschwand.

„Mitte letzten Jahres wachte ich eines Morgens auf und bemerkte sofort, dass etwas nicht stimmte." Er machte eine kurze Pause. „Sie war im Schlaf gestorben. Ich weiß nicht wieso, denn sie hatte keine Verletzungen, keine Erkältung oder eine andere Krankheit, die man direkt hätte erkennen können." Er sah zu Lucia. „Es ist ohne jemanden, der etwas Ahnung hat, einfach immer ein Glücksspiel, denn niemand kann in einen hineinblicken. Entweder man übersteht eine Infektion oder nicht. Aber wenn man beispielsweise einen angeborenen Herzfehler hat, dann wird man es nie erfahren; die Zeiten solcher Medizin sind lange vorbei."

Sie nickte schweigend.

„Ich begrub sie auf einer Wiese, schnitzte ihren Namen in ein Stück Holz und rammte es in den Boden." Er sah auf die Zigarre. „Ich weiß gar nicht mehr, wo das war. Ich blieb noch einige Tage und trauerte, ehe ich weiterzog. In den nächsten Wochen und Monaten machte ich stets einen weiten Bogen, wenn ich nur Anzeichen einer Gruppe bemerkte. Ich trug seit unserem gemeinsamen Aufbruch immer eine

Schusswaffe bei mir, die mir in all der Zeit auch bei einigen Begegnungen mit Tieren half, bis sie plötzlich nicht mehr funktionierte. Zum Glück ging es in dem Moment um mein Abendessen und nicht um die Verteidigung meines Lebens. Ich warf sie in einen See."

Er paffte erneut genüsslich und reichte die Zigarre an Lucia weiter.

„Und irgendwann bist du dann hier gelandet."

„Eines Abends, als die Dämmerung einsetzte und das Licht rapide abnahm, lief ich durch die Straßen und suchte einen geeigneten Ort für mein Nachtlager. Dabei entdeckte ich die Kathedrale über der Stadt, weil ich den Schein eines Feuers sehen konnte."

„Und hast diesmal keinen Bogen gemacht", kombinierte Lucia und paffte.

Beauford nickte. „Ich weiß auch nicht. Vielleicht hatte ich zu lange alles und jeden von mir ferngehalten oder ich war zu müde, um noch klar denken zu können. Es kann auch sein, dass mich der Hunger unterbewusst antrieb, denn Feuer bedeutet Wärme, Gesellschaft und damit meist auch Essen. Jedenfalls wagte ich den Marsch hinauf zur Kathedrale und traf auf Forg, der am Feuer saß und nur kurz von einem Buch aufblickte, das er las. Auf der anderen Seite des Feuers lag Cordh unter einigen Decken und schlief. Wir sprachen die ganze Nacht kein Wort. Er bot mir aber Wasser und ein paar Wurzelknollen an, die ich im Feuer röstete."

Ein Spatz landete in einiger Entfernung auf der Mauer und blickte argwöhnisch zu ihnen, ehe er Insekten aus dem Grün pickte.

Lucia und Beauford betrachteten den kleinen Vogel.

Der Spatz flatterte unvermittelt fort.

„Irgendwann gab er mir eine Decke und legte sich auch für die Nacht nieder. Offenbar hoffte er einfach darauf, dass ich weder ein Räuber noch ein irrer Mörder war."

Lucia paffte und gab die Zigarre zurück.

„Am nächsten Morgen stellten wir drei uns einander vor."

„Kommt ihr?" rief Cordh aus der Ferne, dabei mit beiden Armen winkend.

Lucia winkte zurück, um zu signalisieren, dass man ihn gehört hatte. Während sie von der Mauer sprang, sagte sie: „Ich finde es nach wie vor sonderbar, dass sich unsere Gruppe ausgerechnet hier zusammenfand. Da schwindet die Population, veröden und verfallen Städte und der Planet wird wieder grün, während wir genau jetzt und hier leben, ungeachtet der anderen Gruppen, die irgendwo sind."

Beauford paffte, steckte das Feuerzeug ein und sprang dann ebenfalls von der Mauer. „Bleibt nur die Frage, wohin uns das alles zu unseren Lebzeiten noch treiben wird." Er nahm die Holzschachtel und lief mit Lucia los, um zu den anderen aufzuschließen, die sich bereits mit dem Karren langsam auf den Weg gemacht hatten.

Lucia sah, dass Sydell einige Meter hinter dem Karren lief, den Cordh zog. Forg lief neben ihm. Die beiden schienen sich zu unterhalten.

Sydell; man konnte diese Frau nicht einordnen. Sie war ausgesprochen wortkarg, machte nahezu um jeden einen Bogen und verhielt sich wie ein scheues Reh, stets alles und jeden beobachtend, Situationen einschätzend und die nächsten Schritte abwägend. Sie beteiligte sich an allen Dingen, welche die Gruppe betrafen, allerdings stark in Eigenregie. Sie schlief immer etwas abseits von den anderen – aber nur so weit entfernt, dass sie Sichtkontakt zu Lucia hatte. Sie war 43 Jahre alt, schlank, durchtrainiert und wirkte zäh, verbissen und überaus militant. Letztere Eigenschaft wurde durch die Haare, die sie immer mit ihrem Kampfmesser kurz hielt, und die wettergegerbte Haut untermalt – hätte man es nicht besser gewusst, hätte man sie aufgrund der Parallelen für Forgs Partnerin halten können.

„Vielleicht ist das hier eine Oase, wo wir alle etwas zu Kräften kommen können", sagte Lucia, nahm die Zigarre entgegen und paffte.

„Sehr gut möglich", stimmte Beauford zu und atmete genussvoll den Duft all der Blüten ein, die mal sichtbar und mal verborgen ihre Pracht entfalteten und ihren süßen Hauch mit der frischen Meeresluft zu einem Traum vermählten. „Man hat eben keinen Blick auf die Gesamtsituation. Vor 100 Jahren gab es so viele Informationsquellen, dass man schnell und bequem erfahren konnte, wie es anderswo zugeht. Wer kann denn beispielsweise schon sagen, inwiefern sich die durchschnittliche Lebenserwartung veränderte, nachdem alles zusammengebrochen war? Letztendlich sind solche Fragen aber auch irrelevant, weil sich alles änderte. Früher suchten Menschen in der Kunst ihren Sinn, in der Arbeit, im Schaffen. Oder im Gründen einer Familie. Und nun? Das alles wurde immer unwichtiger und jetzt geht es doch nur noch darum, zu überleben und sich ab und an mit einem Relikt aus der Zeit vor dem *Tag Null* zu befassen oder sich über ein Überbleibsel zu freuen. Man muss dabei allerdings berücksichtigen, dass uns der direkte Bezug fehlt, weil wir viel später zur Welt kamen. Und aus Fehlern der Vergangenheit zu lernen ist unmöglich, da sie regelrecht fortgespült wurde, immer weiter unter all den Pflanzen verschwand oder noch im Begriff ist, zu verschwinden – letztendlich auch aus unseren Gedanken. Hinzu kommt, dass kaum noch jemand übrig ist, der es zumindest theoretisch besser machen könnte."

Beauford bemerkte, dass er etwas abschweifte, ließ sich aber nicht davon beirren.

Wortlos paffte Lucia noch einige Male und reichte die Zigarre dann an Beauford weiter.

„Die Frage, was morgen passieren wird, ist so alt wie die Menschheit. Und weil man sie nicht mit Bestimmtheit beantworten kann, machen wir weiter. Ich glaube, der Punkt, ab dem es nur noch unabänderlich dem Ende entgegengeht, wurde längst überschritten. Schon vor einigen Jahrzehnten." Er paffte.

„Wie bei unserem Wissen, das man nicht einmal durch Aufzeichnungen erweitern kann, weil die meisten längst zu Staub zerfallen sind. Aber am Ende nutzt einem die Fähigkeit nichts, ein Gebäude statisch berechnen zu können, wenn man giftige Beeren isst."

„Recht traurig, wenn man länger darüber nachdenkt."

„Vielleicht ist das hier auch eine Oase des Gedankenaustauschs."

Beauford nickte. Nach einigen Metern hielt er an, ging in die Hocke, drückte die Zigarre sorgfältig am Boden aus und legte sie vorsichtig in die Schachtel zurück. Dabei sah er immer wieder kurz nach vorn zu den anderen.

Lucia beobachtete alles mit einem Lächeln.

Er konnte die Schachtel unmöglich irgendwo an sich verstecken, wie er feststellen musste. Dazu war sie leider viel zu groß. Aber er konnte versuchen, sie heimlich unter seinen Pullover zu legen, der auf dem Karren lag. Einen Versuch war es wert.

Dann schlenderten sie in Ruhe den anderen hinterher, um sie nach einiger Zeit einzuholen und kurz darauf einem Mann zu begegnen, der augenscheinlich einen langen und kräftezehrenden Weg hinter sich hatte ...

II. Zwischenspiel

Retrospektive

Der allgegenwärtige Kampf der Gruppen um die verbliebenen Ressourcen zermürbte nach und nach einige der Mitglieder – oder zerschmetterte die Gemeinschaft vollständig. Kämpfe und Krankheiten hatten in den Jahrzehnten dazu geführt, dass die größten Gruppen im Schnitt aus rund 50 Personen bestanden; es gab zwar Berichte, dass es auch deutlich stärkere Zusammenschlüsse gab, doch nur den wenigsten Personen war es möglich gewesen, sich selbst davon zu überzeugen. Man sagte auch, dass es schon vorgekommen sei, dass sich schwächere Gruppen verbündet hatten, um eine höhere Überlebenschance zu haben und sich besser gegen mögliche Feinde verteidigen zu können. Da es durch das stets lauernde Ende, die Kämpfe und die unentwegte Suche nach Lebensgrundlagen fast nie zur Gründung eines neuen Ortes kam, zogen die Gruppen nomadenhaft umher, dabei gänzlich isoliert, fast wie unter einer gläsernen Glocke. Zwar gab es bei einem Kontakt Austausch untereinander, aber keine dauerhaften und regelmäßigen Beziehungen, was im unsteten Leben der Gruppen begründet lag.

Neben Wissen und Neuigkeiten wurden auch Hinweise auf wichtige Orte – wie etwa Süßwasserquellen – und eventuelle Gefahren, die auf dem Weg lagen, ausgetauscht. Waren aller Art wanderten durch Taschgeschäfte von Hand zu Hand, denn außer Gold, Silber, anderen Edelmetallen und Edelsteinen gab es kaum Dinge, die als akzeptiertes Zahlungsmittel die Zeit überdauert hatten – und damit die Habgier schürten und zu Raub und Mord führten. Hoch im Kurs standen auch gut erhaltene Dinge aus der Zeit vor dem *Tag Null*, wie etwa Kleidung, Genussmittel, Werkzeuge und Waffen.

Einen anderen wichtigen Bereich bildeten Sachen, welche selbst hergestellt wurden. Das reichte von angebauten und getrockneten Gewürzen, über Tabakwaren und alkoholische Getränke bis hin zu Kleidung, Schuhen, Rucksäcken und anderen Dingen des täglichen Bedarfs, wie Becher und Schalen aus Holz, Flaschen aus Holz und Leder, Messer und einfache, mechanische Feuerzeuge. Die Arbeit mit Metall und Glas beherrschten nicht viele Personen, weshalb solche Erzeugnisse – zum Beispiel Brillen, Brenngläser und Werkzeuge – einen weitaus höheren Wert besaßen.

Ackerbau an einem Ort war aufgrund von Überfällen eher die Ausnahme, genauso wie die Viehzucht. Nutztiere zogen in aller Regel mit den Gruppen, was erstens ein Plus an Sicherheit darstellte und zweitens eine gute Handelsgrundlage.

Je mehr sich die Reihen der Gruppen aber lichteten, desto seltener kam es zu Begegnungen und desto einsamer wurde das Leben; und so fragte man sich in einer ruhigen Minute, wozu man noch all die Strapazen auf sich nahm, wenn es doch keine Hoffnung auf ein besseres Leben gab, dabei im Hinterkopf die Ahnung, wie es zu Zeiten der Vorfahren gewesen war und welche Möglichkeiten sie gehabt hatten. Vielleicht, so sagte man sich, lag die Rettung ja hinter dem Horizont.

Kapitel 11

Forg

Seit mehreren Tagen harrte die Gruppe schon in einem Hochbunker aus, wo man auf ein Ende des Regens wartete. Der vollständig mit Moos und Rankenwerk bedeckte Koloss aus Stahlbeton erhob sich aus den Überresten einer Stadt, welche, wie man auf Streifzügen hatte feststellen müssen, kaum etwas zu bieten hatte; ein paar Obstbäume und durch die Umgebung nur schwer zu erlegende Tiere inmitten trostloser Ruinen waren alles. Der Schwärze, die sich in die Mauern gebrannt hatte, entnahm man, dass hier irgendwann ein gigantisches Feuer gewütet und alles verschlungen haben musste.

Forg, der nass und durchgefroren von einer Tour zurückgekehrt war, trank Tee, um sich aufzuwärmen. Er saß – bereits in trockener Kleidung – mit einer Decke um die Schultern gelegt in einem der Räume, die man als Ort für die Quartiere ausgesucht hatte, und lauschte dem Pfeifen und Dröhnen des Windes, der durch die Eingeweide der Anlage zog. Um ihn herum schliefen einige Mitglieder der Gruppe, während Geräusche aus anderen Bereichen des Bunkers Hinweise auf reges Treiben gaben. In dem stickigen Raum sorgten einige Kerzen für einen Hauch von Licht.

Im Halbdunkel öffnete sich plötzlich quietschend die eiserne Türe einen Spalt weit. Ein Mann trat halb ein und flüsterte: „Eine Gruppe ist eingetroffen und bittet um Unterschlupf. Etwa 25 bis 30 Leute. Darunter einige Frauen!" Er verschwand wieder, woraufhin sich seine Schritte unter jene mischten, die den Hochbunker mit Leben erfüllten.

Forg trank unbeeindruckt seinen Tee aus, da er viel zu erschöpft war, um sich zu erheben und an dem Ereignis teilzuhaben, stopfte den Aluminiumbecher in seinen Rucksack, rückte diesen etwas zurecht, legte sich mit dem Kopf darauf und streckte gähnend die Glieder, während einige Männer den Raum verließen. Die Isoliermatte, auf der er lag, war nicht sonderlich bequem, erfüllte aber ihren Zweck. Er griff neben sich nach der zweiten Decke, deckte sich damit zu, drehte sich auf die rechte Seite und atmete tief durch, um nur kurze Zeit später in einen festen Schlaf zu sinken ...

Ein Geräusch weckte ihn. Er öffnete die Augen und sah im flackernden Schein der Kerzen einen Schatten unweit seiner Position, der sich über jemanden beugte, der dort lag und schlief. Einen kurzen Augenblick später machte der Schatten eine ruckartige Bewegung, die mit einem fleischigen Geräusch und einem kurzen Zucken der Person am Boden einherging; irgendetwas tropfte. Dann richtete sich der Schatten auf, blickte sich um, machte einige Schritte in Forgs Richtung und beugte sich über die dort schlafende Person. Und wieder entstand das fleischige Geräusch; diesmal stieg Forg zusätzlich der Geruch von Blut in die Nase.

Er schloss kurz schlaftrunken die Augen und öffnete sie wieder. Er realisierte, dass noch zwei Personen zwischen ihm und dem Schatten lagen. Im Hintergrund konnte er die geschlossene Türe ausmachen. Er wusste noch, dass er mit der Türe im Rücken eingeschlafen war. Wie lange war das her? Da der Raum im Herzen des Hochbunkers lag, gab es keine Schießscharten, durch die er hätte erkennen können, ob es draußen noch Nacht war oder schon Tag. Er fragte sich auch, ob es neben ihm noch weitere Personen gab, die wach waren; schliefen alle oder regte sich nur niemand?

Der Wind heulte ein unheimliches Lied, während sich der Schatten wieder aufrichtete.

Forg musste eine Entscheidung treffen. Sollte er aufspringen und aus dem Raum eilen, um zu entkommen? Würde er dem Schatten und einem Angriff ausweichen können? Oder sollte er liegen bleiben und sich im letzten Moment dem Übergriff durch Gewalt entziehen? Da sich die Bedrohung zu schnell näherte, gingen die Fragen im nächsten Augenblick bereits zu den Chancen und Möglichkeiten über, wie er den Schatten überwältigen konnte, ohne selbst mit dessen Waffe Bekanntschaft zu machen. Ob es sich dabei um ein Messer handelte oder beispielsweise um eine Glasscherbe, konnte er nicht erkennen.

Ein weiterer Schnitt.

Forg wusste nicht einmal, wer da starb. Er wusste nur, dass er um keinen Preis hier und vor allem nicht kampflos sein Ende finden wollte. Es war seinem Wissen nach kein Gegenstand greifbar, der sich als Waffe eignete – und selbst wenn, er würde nicht die Zeit haben, ihn bei diesen Lichtverhältnissen zu suchen.

Der Schatten richtete sich wieder auf, blickte sich um und schien aufmerksam zu lauschen, ob sich irgendwo etwas bewegte. Dann machte er zwei seitliche Schritte und sah hinab zu der schlafenden Person, die neben Forg lag.

Ohne einen weiteren Gedanken – und damit Zeit – zu verschwenden, spannte Forg seine Muskeln, riss die Decken von sich und trat mit dem rechten Bein und mit aller Kraft in einem Bogen zu, wodurch er die linke Kniekehle des Schattens traf. Dieser knickte ein, verlor das Gleichgewicht und fiel schräg nach hinten. Forg sprang auf, stieß einen unbestimmten Schrei aus und stürzte Hals über Kopf zur Türe.

Durch den Lärm wurden die verbliebenen Personen im Raum geweckt, was Forg an den brüllenden Stimmen erkannte, die auf seinem Weg nach unten, wo irgendwo der Ausgang war, immer leiser wurden. Er rannte durch die Dunkelheit, die nur vom schwachen Kerzenschein unterbrochen wurde, der aus diesem und jenem Raum drang. Er sah mehrere Körper, die man höchstwahrscheinlich allesamt im Schlaf getötet hatte, denn andernfalls hätte es Tumult gegeben und er wäre wesentlich früher aufgewacht.

Irgendwann trat er hinaus in die Nacht, wo er von kaltem Regen und eisigem Wind begrüßt wurde. Er hielt kurz inne, um sich zu orientieren, vernahm hinter sich aber bereits schnelle Schritte, die sich näherten. Er wollte nicht herausfinden, ob es der Schatten war, ein Helfer oder jemand, der ebenfalls überlebt hatte und auf der Flucht war. Instinktiv rannte Forg nach links bis zur Ecke des Hochbunkers, der eine quadratische Grundfläche hatte, und bog nach links ab – an diesem Punkt war er bereits bis auf die Haut durchnässt. Er hoffte, dass niemand seine Bewegung im tosenden Regen wahrnehmen würde; bei einer drohenden Verfolgung wäre das ein unbezahlbarer Vorteil gewesen.

Es war stockdunkel. Nur ein anrückendes Gewitter spendete in unregelmäßigen Abständen für kurze Zeit genügend Licht, um die Umgebung erahnen zu können. Er rannte und taumelte, spürte Gestrüpp, das ihm entgegenschlug, und fühlte sich dabei verloren wie selten vorher in seinem Leben. Er hörte nur den Regen, der seine Schritte auf dem aufgeweichten Boden und seine Atemgeräusche fast restlos übertönte.

Er wollte zur nächsten Ecke und von dort aus seinen Weg geradeaus fortsetzen, bis er keine Kraft mehr hatte. Er wusste, dass er so weit weg musste, wie nur möglich.

Plötzlich stolperte er über eine Person, die am Boden kauerte, und schlug unsanft mit dem Gesicht voran auf den Boden. Er spürte Wasser und Erde in Nase und Mund. Aufgestachelt durch die bisherigen Erlebnisse in dieser Nacht, trat er abwehrend nach der Person; gleichzeitig versuchte er voller Panik, sich aufzurichten und umzudrehen.

Als Forg wieder auf den Beinen war, bemerkte er, dass sich die Person zurückgezogen hatte und an der Wand des Bunkers hockte. Das ließ augenblicklich den Schluss zu, dass es niemand sein konnte, der ihm ans Leder wollte.

„Lass mich in Ruhe!" rief der junge Mann. Er suchte tastend nach einem Stein, den er als Waffe nutzen konnte.

„Wenn wir hier nicht sofort verschwinden, sind wir beide erledigt!" erwiderte Forg laut, um gegen den Wind, den Regen und das stetig mächtigere Gewittergrollen anzukommen. Er hätte noch lauter sein können, doch war er sich des Risikos bewusst, dadurch unnötigerweise aufzufallen.

Der Mann erhob sich; er war sich der Gefahr bewusst.

Ohne Umschweife rannten sie beide Richtung Ecke und von da aus ohne Unterbrechung in einer Linie weiter. Bald darauf waren sie in der stürmischen Regennacht verschwunden.

Kapitel 12

Cordh

„Was hast du denn da draußen gemacht?" fragte Lucia.

„Ich wollte flüchten", erklärte Cordh. „Dann bin ich gestolpert und zu Boden gegangen."

„Und Sekunden später ich", fügte Forg hinzu. „Vielleicht leben wir deshalb noch. Wer weiß, wie alles ausgegangen wäre, hätten wir uns damals nicht getroffen."

Cordh nickte wortlos. Die Flucht wäre ihm mit Sicherheit gelungen, doch konnte er nicht mit Bestimmtheit sagen, ob er die Zeit danach allein überlebt hätte.

„Wann war das?" wollte Xenos wissen.

„Vor etwa zwei Jahren", antwortete Cordh.

Forg nickte. „Das kommt hin. Auf den Monat genau kann ich es auch nicht sagen, aber es war Sommer. Das weiß ich, weil ich den vorangegangenen Winter in nördlicheren Regionen miterlebte. Je weiter man in den Süden zieht, desto schlechter wird die Zeitschätzung ohne Aufzeichnungen, weil die Jahreszeiten immer mehr verschwinden, wie ihr ja wisst."

„Führt niemand ein Tagebuch?" fragte Xenos.

„Ich", sagte Lucia, „aber meist mache ich nur einen Strich pro Tag. Auch mehr für mich selbst, denn es ist unwichtig geworden, sich an eine genaue Zeit zu halten. Zwar zählt man mehr oder weniger im Kopf die Tage, um sich besondere Ereignisse merken und sie einordnen zu können, aber man kann auch darauf verzichten. Am Ende kommt es auf einen Tag hin oder her nicht an. Vor dem *Gau* wurde ja das gesamte Leben von der Zeitmessung dominiert. Nun gilt: Entweder es ist Tag oder es ist Nacht. Man muss nur die Natur aufmerksam beobachten. Der Rest ist eigentlich nebensächlich."

Sie saßen auf den moosbedeckten Stufen, die von einer schmalen Straße aus – diese lag komplett im Schatten der flankierenden Häuser – hinab auf einen Platz führten, wo man ein riesiges Loch erkennen konnte, bei dem es sich um einen eingestürzten Tunnel der Metro handelte. Ranken und Pflanzen hingen in den Schlund hinab, in welchem, wenn man näher trat, deutlich das Wasser zu sehen war, das die Tunnel gefüllt hatte. Vom anderen Ende des Platzes aus führten weitere Stufen hinab zu den Resten der ehemaligen Hafenpromenade, hinter der das Wasser des Meeres funkelte. Durch die hohen Ruinen, die sich überall erhoben, entstand eine Art Luftkanal; kühle Luft wehte durch die Straßen und Gassen und schenkte angenehme Erfrischung, die mit dem Rauschen von wogenden Pflanzen und dem Gesang der Meeresvögel einherging.

Lucia saß zu Forgs rechter Seite und links von ihm Xenos, während Cordh einige Stufen unterhalb von Lucia saß; sie sahen alle auf den Platz vor sich. Beauford saß mehrere Stufen hinter der Gruppe, die sich von ihm aus gesehen schräg versetzt links befand. Ihn trennten nur einige Schritte von der Hauswand auf seiner rechten Seite. Sydell hatte es sich abseits von ihnen bequem gemacht und lehnte auf der anderen Seite der Treppe mit dem Rücken an der Hauswand. Sie saß auf einer der Stufen zwischen Cordh und Lucia. Trotz der Entfernung konnte sie jeden gut verstehen.

Beauford betrachtete die Umgebung. Er fragte sich, wie die Welt wohl früher geklungen haben mochte mit all den Maschinen und Menschen. Hatte es überhaupt noch einen Ort gegeben, wo kein Flugzeug zu hören gewesen war?

Sein Blick wanderte zu den anderen. „Ich weißt nicht, ob es schon einem von euch aufgefallen ist, aber es ist nun das erste Mal, dass wir sechs irgendwo gemeinsam sitzen. Sonst fehlte entweder jemand oder es saßen nicht alle."

Jeder sah kurz zu jedem, als wolle man sich vergewissern, dass es tatsächlich so war. Stille breitete sich aus.

„Und wie ging es weiter?" fragte Xenos nach einiger Zeit.

„Wir rannten", sagte Cordh, der dabei über den Platz hinweg zum Meer blickte. „Ich weiß nicht einmal, wie lange.

Irgendwann bemerkten wir, dass die Dämmerung eingesetzt hatte und es nicht mehr regnete. Unsere Kleidung war sogar halbwegs wieder trocken."

Beauford steckte sich eine Zigarette an, nahm einen tiefen Zug, lehnte sich auf den Stufen zurück und atmete genussvoll aus.

„Da wir eine Entscheidung treffen mussten, wanderten wir Richtung Westen", erklärte Cordh weiter, der nun seinen Teil der Geschichte schildern wollte. „Forgs Gruppe wollte ursprünglich nach Osten und meine bis zum Zusammentreffen nach Südwesten. Nach den Geschehnissen der Nacht stand es nicht zur Debatte, auch nur darüber nachzudenken, wieder zum Hochbunker zu gehen, obwohl wir im Nirgendwo standen und nichts außer unserer Kleidung besaßen. Es wäre allerdings auch schwierig geworden, den Weg zu rekonstruieren, weil wir mehr oder weniger blind geflüchtet waren. Also ging es einfach westwärts.

Während wir liefen, tauschten wir uns über die Vorfälle aus.

Ich hatte mir nach der Ankunft mit meiner Gruppe einen Schlafplatz organisiert, wollte dann aber noch eine Weile allein sein, anstatt mich hinzulegen. Also aß ich etwas, trank einen heißen Tee, den man mir angeboten hatte, und ging wieder hinaus vor den Bunker, Regen hin oder her. Nur gut, dass ich damals so entschied, denn das hat mir das Leben gerettet."

Alle lauschten gebannt den Worten und man fragte sich, weshalb man nicht schon eher zusammengesessen und einander solche Geschichten erzählt hatte.

„Ich stand etwas abseits vom Eingang und hörte jemanden meiner Gruppe mit einer Person der anderen Gruppe sprechen."

„Hast du hören können, über was sie sich unterhielten?" fragte Beauford von hinten und nahm einen Zug.

Cordh schüttelte den Kopf. „Nein. Ich machte mir auch keine Gedanken. Sie gingen dann in den Bunker und ich folgte ihnen einige Minuten später, wobei mir direkt die veränderte Stimmung auffiel. Ich kann es nicht erklären."

Es war, als würde jeder den Atem anhalten, gespannt, wie es weitergehen würde.

„Ich wollte in einen der Aufenthaltsräume, die man uns zugeteilt hatte, um mir dort noch einmal etwas Essbares zu besorgen. Auf dem Weg dahin hörte ich Schritte und ein leises Geräusch. Irgendjemand lief umher und ich hörte dieses Geräusch. Ich schlich zu einer Türe, die offen stand, und spähte hinein. Da sah ich drei Leute aus meiner Gruppe, die am Boden lagen. Es brannten noch Kerzen und ich konnte erkennen, dass sie durch Kopfschüsse gestorben waren. Damit machte das seltsame Geräusch, das ich vorher hörte, einen Sinn."

„... ein Schalldämpfer ...", riet Lucia mit leiser Stimme.

Cordh nickte. „Ich dachte gar nicht weiter nach und stürmte aus dem Bunker." Er sah kurz zu Forg. „Kurze Zeit später trafen wir wortwörtlich aufeinander und suchten beide das Weite."

Unvermittelt erhob sich Sydell. Sie deutete mit einer knappen Kopfbewegung zu Xenos und sagte: „Euer Neuzugang da spielt ein falsches Spiel, das kann ich riechen."

Überrascht schauten alle zu ihr.

„Du musst mich gar nicht so ungläubig anstarren, du verdammter Bastard", sagte sie kühl. An die anderen gewandt: „An eurer Stelle würde ich ihm nicht den Rücken zudrehen." Sie sah wieder zu Xenos. „Und solltest du mir irgendwie zu nahe kommen, bringe ich dich um."

Mit diesen Worten setzte sie sich unter den Blicken der anderen die Treppe hinauf in Bewegung und verschwand nach einiger Zeit von der Straße, indem sie um eine Ecke nach rechts bog.

„Was ist denn in sie gefahren?" fragte Beauford irritiert und drehte sich wieder um.

„Ganz ehrlich?" fragte Lucia und sah ihn an.

Beauford nickte und nahm einen Zug von der Zigarette.

„Ich glaube, ihr ist etwas sehr schlimmes zugestoßen, und das ließ sie so werden, wie sie ist. Ich meine, sie ist augenscheinlich eine Einzelgängerin, das wird schon seinen Grund haben."

Niemand kommentierte diese Aussage. Fest stand, dass jeder von ihnen bisher überlebt hatte; das allein zeigte, dass man sich zu behaupten wusste, egal wie man gestrickt war.

Was sich keiner anmerken ließ: Sydell hatte etwas ausgesprochen, über das jeder für sich schon mehrmals nachgedacht hatte, ohne es laut zu äußern. Was war, wenn Xenos ihnen nur etwas vorgaukelte und doch wusste, wie er hieß und was hinter ihm lag? Was, wenn er sehr genau wusste, was er tat? Auf der anderen Seite wäre sein erbärmlicher Zustand, in welchem man ihn angetroffen hatte, eine Meisterleistung der Tarnung gewesen; so glaubwürdig konnte man einfach nicht spielen und sich zugleich auch körperlich darauf einrichten. Es hätte keinen Sinn ergeben, sich auszuhungern und kein Wasser zu trinken, nur um völlig kraftlos vorgefunden zu werden; nicht in dieser Gegend. Auch waren bereits einige Tage vergangen und es war nichts passiert, obwohl es Xenos nicht an Chancen gemangelt hatte.

Ohne sich zu unterreden entschied jeder – alarmiert durch Sydell –, mehr auf sich und die anderen zu achten.

„Was passierte dann?" fragte Beauford, um das Schweigen zu beenden, welches eine sonderbare Stimmung heraufbeschworen hatte. Er nahm einen letzten Zug, drückte die Zigarette neben sich aus und ließ den Stummel dort liegen.

„Wir zogen durch die Gegend, ohne uns lange an einem Ort aufzuhalten", erklärte Cordh. „Wir machten Bekanntschaften, blieben aber stets unter uns. Wir hielten uns aus Ärger heraus und machten immer einen Bogen um Menschen, die uns sonderbar vorkamen. Jeder vertraute nur auf sein Gefühl.

Mittlerweile sind wir geselliger als vor zwei Jahren. Damals wäre so ein Beisammensitzen absolut undenkbar gewesen. Und durch meine eigenen Erfahrungen glaube ich schon, dass an der Sache mit Sydell etwas dran sein könnte und sie etwas erlebte, das sie so vorsichtig werden ließ. Aber das nur am Rande."

Cordh überlegte, was er eigentlich hatte sagen wollen.

„Irgendwann mussten wir unsere geplante Route ändern, weil sich ein großer Fluss durch die Landschaft zog, der da, wo wir waren, unmöglich zu überqueren war. Wir entschieden uns, dem Lauf zu folgen. Später konnten wir zwar auf die andere Seite gelangen, aber es hätte keinen Sinn gemacht, den ganzen Weg in die andere Richtung zu gehen, nur um da anzuknüpfen, wo wir nicht weitergekommen waren. Deshalb behielten wir unsere Marschrichtung bei. Irgendwann erreichten wir die Küste und folgten ihr nach Süden, was uns letztendlich hierher führte. Vor gut acht Monaten. Und instinktiv zog es uns hinauf in die Kathedrale, von wo aus man die gesamte Gegend überschauen kann, wie ihr ja wisst."

„Und vor sechs Monaten kam ein alter Mann zu euch", scherzte Beauford.

Forg nickte. „Drei Monate später Sydell ..."

„... und vor zwei Monaten ich", sagte Lucia.

„Und vor einigen Tagen der Neuzugang", sagte Xenos, dem die Situation merklich sehr unangenehm war.

„Mach dir keine Gedanken wegen Sydell", riet Forg. „Nur solltest du sie vielleicht wirklich meiden. Das dürfte aber nicht allzu schwer sein."

„Ich kann leider nicht beweisen, dass ich mich an nichts erinnern kann", sagte Xenos und seufzte. „Ich würde mich schon besser fühlen, wenn ich wenigstens wüsste, woher ich komme und was mich in diese Gegend verschlagen hat. Aber es kann auch niemand von euch in meinen Kopf blicken und sich davon überzeugen, dass ich nicht lüge."

„Vielleicht kommt alles mit der Zeit wieder", sagte Lucia, die ihn aufmuntern wollte. „Möglich, dass es nur vorübergehend ist." Sie dachte an die Narbe an seinem Hinterkopf.

Xenos zuckte mit den Schultern.

Damit blieben sie noch eine Weile auf den grünen Treppen sitzen und hörten den Geschichten von Forg und Cordh aus den ersten Wochen in der Stadt zu, ehe sie gemeinsam den Rückweg zur Kathedrale antraten, wo man Sydell antraf, die im Schatten eines Baumes saß und ihren Blick über die Stadt schweifen ließ. Unterdessen begann die Sonne allmählich damit, eine goldene Abendstimmung zu zaubern, während der Wind vom Meer her angenehm auffrischte.

Kapitel 13

Lucia

Es herrschte eine sonderbare Stimmung. Das Blau des Himmels lag hinter einer lückenlosen Wolkendecke, die dem Tag seinen trüben Schein gab. Hinzu kam, dass es unerträglich schwül war und die vorherrschende Windstille nur selten unterbrochen wurde. So kam es, dass man gegen die Trägheit regelrecht ankämpfen musste, um den Fängen der Langeweile zu entrinnen.

Während sich die anderen aufgemacht hatten, durch die Stadt zu ziehen und nach nützlichen Dingen Ausschau zu halten, hatte Lucia Sydell zu einer kleinen Erkundungstour eingeladen, um sich mit ihr in Ruhe unterhalten zu können. Lucias Hintergedanke dabei war, mit Sydell allein von Angesicht zu Angesicht sprechen zu können, um eventuell die eine oder andere Geschichte aus dem Leben der Einzelgängerin zu hören und so Zugang zu ihr zu finden.

„Ist dir schon aufgefallen, dass es Orte gibt, die in völliger Harmonie sind?" fragte Sydell, als sie an einer Stelle ankamen, die den Schnittpunkt zweier Straßen markierte. Es ließ sich nicht feststellen, ob es eine Kreuzung gewesen war oder ein Kreisverkehr. Von den Gebäuden in der Umgebung waren nur Ruinen übrig, die sich in einem jeweils anderen Stadium der Übernahme durch die Natur befanden.

Überall wuchs zartes Gras, welchem in der Mitte der Fläche drei kräftige Ahorne entsprangen, die hoch aufragten und mit ihren ausladenden Kronen einen großen Teil des Platzes überspannten.

„Das Gras scheint grüner zu sein, die Luft reiner und die Bäume erhabener", fuhr sie fort, blieb stehen und blickte auf den Platz, der aufgrund der Lichtstimmung des Tages nur einen Hauch seiner sonstigen Pracht präsentierte.

„Das Gefühl hatte ich auch schon", sagte Lucia. „Nicht sehr oft, aber wenn, dann war es, als würde ich etwas zum ersten Mal sehen. Und ich war schlagartig aufmerksamer, wie frisch erholt."

Sydell ging in die Hocke und ließ ihre Hände über die Spitzen der Grashalme gleiten. „So geht es mir auch. Das gibt mir etwas von Frieden und Geborgenheit."

Lucia sah zu Sydell hinab und schwieg.

„Es muss früher seltsam gewesen sein, als man sich die Frage stellte, wie man seine Wohnung streichen soll. Oder welche Möbel am besten wohin passen und welche Pflanzen gut auf dem Fensterbrett aufgehoben sind." Sie richtete sich wieder auf. „Oder man sah sich Gemälde und Fotografien an, nur der Schönheit wegen."

„Das mache ich auch gerne, also mir schöne Dinge ansehen", sagte Lucia. „Meistens sind es solche Orte, denn andere Möglichkeiten sind ja selten." Sie blickte sich um.

Sydell nickte. „Es ist wie ein alter Instinkt, der einen innehalten und die Schönheit aufnehmen lässt. Es muss etwas in der Art sein, wenn es immer wieder passiert, dass man irgendwo anhält und sich staunend und erfreut umschaut."

Sie liefen weiter und näherten sich den Bäumen.

„Mir ist übrigens klar, weshalb du mich gefragt hast, ob wir gemeinsam durch die Gegend streifen wollen", stellte Sydell klar. Sie lächelte bei diesen Worten.

„Nicht nur deshalb", erklärte Lucia. „Wir sind die einzigen Frauen in der Gruppe und ich dachte, es kann nicht schaden, wenn wir nur zu zweit etwas unternehmen." Sie lachte. „Und natürlich möchte ich gerne mehr über dich erfahren." Sie fragte sich, ob sie ernsthaft davon ausgegangen war, dass sich Sydell nichts bei der ganzen Sache denken würde. Innerlich schüttelte sie den Kopf.

„Dann sollten wir vielleicht damit anfangen, dass jede von uns erzählt, wie sie hierher kam", schlug Sydell vor, blieb vor einem der Bäume stehen, berührte mit einer Hand die raue Rinde und ertastete bewusst die grobe Struktur.

„Klingt gut", fand Lucia und ließ sich im Schneidersitz in das weiche Gras nieder. Da sie die Idee gehabt hatte, fühlte sie sich dazu verpflichtet, den ersten Schritt zu tun und ihre Geschichte zu erzählen. Vielleicht würde das Sydell zusätzlich aus der Reserve locken.

Sydell blickte sich kurz nach allen Seiten hin um und setzte sich dann unweit von Lucia mit angewinkelten Beinen, die sie mit ihren Armen umschlang, ebenfalls in das Grün.

„Seit ich denken kann, war ich allein mit meiner Mutter und meinem Vater unterwegs gewesen", begann Lucia und riss dabei einen Grashalm ab. „Es ist, als würden Eltern durch diese gewählte Einsamkeit alle schlechten Dinge von ihren Kindern fernhalten wollen. Wir lernten nämlich im Laufe der Zeit einige Familien kennen, die so lebten wie wir."

Sydell nickte stumm und sah dabei zu, wie Lucia mit dem Halm spielte.

„Sie brachten mir alles Mögliche bei. Wenn wir jemanden trafen, dann tauschten wir sehr oft Wissen aus, damit jeder von der zufälligen Begegnung profitieren konnte. Wir wanderten von hier nach da und folgten der einen oder anderen Empfehlung. Man schlug sich eben durch, so gut es ging." Sie blickte kurz auf. „Du kennst das ja selbst, wie jeder von uns."

Erneut nickte Sydell. Sie wollte nicht einmal den Versuch starten, Lucia in ihrer Geschichte zu unterbrechen, denn sie spürte aufgrund des Tonfalls, dass auch sie Dinge erfahren würde, die keiner der anderen wusste; vielleicht aus gutem Grund, denn geteiltes Wissen macht verletzlich, und genau das sollte man in diesen Zeiten nicht sein.

„Eines Tages unterhielten sich meine Eltern. Ich dachte mir nichts dabei. Ich saß unterdessen am Lagerfeuer und achtete auf ein Kaninchen, das auf einem Drehspieß darüber war. Es sollte nicht verbrennen. Kurz darauf kamen sie zurück und mein Vater meinte, wir würden unsere Route ändern. Er wollte mir aber nichts weiter darüber erzählen. Es sollte eine Überraschung sein.

Zwei Wochen später wurde meine Mutter krank. Eine Lungenentzündung. Sie wurde immer schwächer und nichts half." Sie machte eine kurze Pause. „Auch ein zu zahlender Preis unserer Zeit, wenn man das mit den Geschichten von früher vergleicht. Damals gab es in weiten Teilen der Welt Zugang zu ärztlicher Versorgung."

Sie ließ den Grashalm fallen und riss einen neuen ab.

„Wir suchten einen geeigneten Platz, wo wir längere Zeit bleiben konnten, um sie zu schonen und zu pflegen", erzählte Lucia weiter. „Am Rand eines Waldes baute mein Vater einen Unterstand, wo sie trocken und warm liegen konnte. Irgendwann wollte sie ein Nickerchen machen. Ich und mein Vater suchten unterdessen Feuerholz, um einen Tee aus gesammelten Kräutern zu machen. Als wir wieder bei ihr waren, merkten wir sofort, dass sie nicht mehr aufwachen würde."

Bei diesen Worten wurden Lucias Augen feucht.

„Wir blieben bis zum nächsten Morgen bei ihr, tranken Tee und unterhielten uns über gemeinsame Erinnerungen. Dann begruben wir sie an Ort und Stelle und brachen gegen Mittag auf.

In den nächsten Tagen merkte ich, wie mein Vater ebenfalls körperlich schwächer wurde. Er war immer ein Berg von einem Mann gewesen, aber innerhalb kürzester Zeit veränderten sich seine Gesichtszüge und der Glanz aus seinem Blick verschwand. Es war so, als würde er heimlich zu meiner Mutter wollen, was er mir gegenüber aber nie ausgesprochen oder auf Nachfrage zugegeben hätte. Und irgendwie konnte und kann ich ihn verstehen.

Er versuchte immer, es zu verbergen. Er weinte nachts, wenn er dachte, ich würde schon schlafen, und ich spürte, wie ihn seine Energie und der Überlebenswille nach und nach verließen.

Eines Morgens wachte ich auf und er war weg. Er hatte einen Brief hinterlassen, in welchem er sich für seine Entscheidung entschuldigte und schrieb, ich solle der untergehenden Sonne bis zum Meer folgen und dann nach Norden ziehen. Dort würde das Ziel der Reise liegen, die wir gemeinsam begonnen hatten."

„Ich nehme an, das Ziel war die Stadt", riet Sydell.

Lucia nickte, sah kurz zu ihr und wischte sich die Tränen aus den Augen, ehe sie fortfuhr: „Er erklärte, dass er vor langer Zeit von der Stadt gehört hatte und dass sie angeblich nicht von vielen Leuten aufgesucht wurde. Warum das so war, wusste er nicht.

Also zog ich los. Mir blieb ja nichts anderes übrig, denn ich wusste nicht, wohin mein Vater gegangen war, um meiner Mutter zu folgen. Er gab mir in dem Schreiben noch Ratschläge für das Überleben mit. Einige kannte ich schon von ihm und meiner Mutter, andere waren mir neu. Er musste schon lange heimlich daran geschrieben und das alles geplant haben.

Laut der Striche, die ich in mein Tagebuch machte, war ich reichlich neun Wochen unterwegs, ehe ich hier ankam."

„Hast du den Brief deines Vaters noch?" wollte Sydell wissen.

Lucia warf den Grashalm neben sich. „Nein. Ich und meine Sachen wurden von einem Unwetter komplett durchnässt. Ich hatte nur noch einen Klumpen Papier, den ich wegwerfen musste. Leider."

„Irgendwie sind wir alle Gestrandete", fand Sydell. „Gestrandet wie Schiffbrüchige auf einer Insel."

„Das trifft es gut", stimmte Lucia zu und ließ sich nach hinten ins Gras fallen. Sie sah hinauf zu den Baumkronen, die schwer und träge über ihr hingen. Sie spürte, wie die Kälte des klammen Grases am Rücken durch ihre Kleidung drang. Ihre Hose war vom Sitzen schon feucht, aber das war ihr egal. „Und wie ist deine Geschichte?"

„Schlimmer", sagte Sydell knapp.

Kapitel 14

Sydell

„Bei mir war es so, dass meine Familie in einem Haus im Nirgendwo lebte. Die Gruppe, der meine Eltern angehört hatten, war auf ihrer Reise daran vorbeigekommen und die beiden hatten recht schnell entschieden, sich niederzulassen und alles zu reparieren, gemeinsam mit der Mutter meines Vaters und der älteren Schwester meiner Mutter. Irgendwann kamen mein Bruder und meine Schwester zur Welt, dann ich. Wir hatten dort alles, was wir brauchten. Es gab in der Nähe einen Teich, der durch einen kleinen Bach gespeist wurde, einen Wald und ausreichend Fläche, um selbst Dinge anzubauen wie Tomaten, Getreide, Mais, Kartoffeln, Gurken, Paprika, Möhren und verschiedene Kräuter. Die Samen hierfür waren teilweise aus dem eigenen Besitz und teilweise aus den Händen der Gruppenmitglieder, die das Saatgut als Abschiedsgeschenk überreicht hatten. Wasser bekamen wir aus dem Bach und aus einem kleinen Brunnen neben dem Haus. Fleisch gab es selten, da wir nur mittels Fallen jagen konnten und die Ausbeute immer recht gering war. Aber mehr brauchten wir auch nicht.

In all den Jahren kamen ab und an Gruppen oder einzelne Personen des Weges und mit ihnen die eine oder andere Geschichte, was eine willkommene Abwechslung war. Und da wir immer wieder von erbitterten Kämpfen hörten, wurden wir darin bestärkt, einfach im Nirgendwo zu bleiben und uns aus jedem Ärger herauszuhalten.

Alles änderte sich, als ich 13 war. Meine Schwester war 19 und mein Bruder 17. Unsere Großmutter war seit zwei Jahren tot und unsere Tante konnte seit einigen Wochen kaum noch das Bett verlassen, weil sie altersbedingt zunehmend schwächer wurde.

Es begann damit, dass ich mitten in der Nacht aufwachte. Ich schlief in einem kleinen Zimmer auf dem Dachboden, weil es im Rest des Hauses keinen Platz für ein weiteres Zimmer gegeben hatte. Also hatte mein Vater die Umbauten vorgenommen, als ich acht Jahre alt war. Meine Tante schlief im Erdgeschoss und alle anderen im Obergeschoss.

Ich hörte Geschrei und Lärm, als mehrere Leute in das Haus eindrangen. Schlagartig war ich wach und wusste instinktiv, dass ich mich in Sicherheit bringen musste, egal zu welchem Preis. Ich rannte zum Fenster, das auf der Giebelseite war, und konnte hören, dass draußen einige Männer standen. Nicht direkt unter dem Fenster, aber links hinter der Ecke, wohl irgendwo bei der Haustüre. Da wusste ich, dass ich nicht wegrennen konnte, ohne bemerkt zu werden, auch wenn ich es ohne Probleme aus dem Fenster nach unten geschafft hätte; ich hatte mich schon oft außen mit ausgestreckten Armen am Fensterbrett hängen und dann einfach fallen lassen, ohne dass mir etwas passiert war. Ich konnte mich auch nicht im Haus verstecken, denn sie suchten unten schon alles ab, jedenfalls verriet mir das der Krach. Also öffnete ich leise das Fenster, stieg auf das Fensterbrett, hielt mich am Rahmen fest und lehnte mich rückwärts hinaus, um mit einer Hand nach oben zum Dachvorsprung greifen zu können.

Ich habe keine Ahnung wie, aber ich schaffte es, mich hoch auf das Dach zu ziehen, ohne bemerkt zu werden. Ich kroch dann vorsichtig auf dem First zum Schornstein und rutschte langsam links auf das Flachdach, das zu einem kleinen, vom Haus abgehenden Flügel gehörte. Dort legte ich mich in der Mitte flach auf den Bauch und wartete. Es gab nirgends ein Dachfenster, so dass ich dort oben relativ sicher war. Es war zwar Vollmond und keine Wolke am Himmel, aber ich bin der Meinung, dass mir die Nacht zusätzlichen Schutz gegeben hatte. Vielleicht war auch mein Glück gewesen, dass die Leute nur auf der anderen Seite des Hauses gewartet hatten.

So lag ich dann da und hörte, wie meine Familie unten schrie und um ihr Leben flehte. Aber ich konnte nichts tun.

Ich wusste, was sie mit meiner Schwester taten und dass sie die anderen töteten, denn die Schreie wurden immer leiser und verstummten. Und die ganze Zeit über hoffte ich nur, dass mich niemand entdecken würde.

Kurz nach Anbruch der Dämmerung zogen sie weiter. Ich weiß bis heute nicht, wie viele es tatsächlich gewesen waren. Ich wartete noch bis zum Abend, aus Angst, sie würden im Laufe des Tages umkehren. Ich hätte ihnen durch Zufall in die Arme laufen können. Dann kletterte ich vom Dach, indem ich mich an der niedrigsten Stelle nach unten hängen und die letzten zwei Meter fallen ließ. Wie gesagt, ich hatte in so etwas Übung. Ich rannte ins Haus, suchte wichtige Sachen zusammen, legte ein Feuer im Wohnzimmer und wartete draußen, bis alles in Flammen stand. Dann machte ich mich auf und davon.

Es war wie ein Traum, völlig unwirklich. Ich hatte versucht, die schrecklichen Dinge im Haus zu umgehen, aber es ging nicht, denn überall klebte Blut und alles war verwüstet. Die Bilder brannten sich in mein Gedächtnis, wo schon die Schreie waren.

Ich kann nicht sagen, wie lange ich unterwegs war, bis ich wieder halbwegs klar denken konnte. Eine Woche? Zwei? Drei? Am Ende schlug ich mich 30 Jahre allein bis hierher durch die Welt und nahm es mit jedem auf, der meinte, mir zu nahe kommen zu müssen. Ich habe irgendwann aufgehört zu zählen, wie viele Menschen ich deshalb getötet oder zu Krüppeln gemacht habe. Es ist mir egal. Fressen oder gefressen werden.

Vor etwa drei Jahren hörte ich von einer Stadt an der Westküste. Einige Leute kamen von dort und schwärmten von ihr. Ich vergaß die Geschichte schnell wieder, bis ich eines Morgens aufwachte, mich erinnerte und entschied, mich auf den Weg zu machen, um die Stadt zu sehen.

Hier unterscheidet sich meine Geschichte nicht sonderlich von deiner, denn dein Vater hatte auch von diesem Ort gehört. Ein merkwürdiger Zufall, wenn man bedenkt, wie wenig Leute hier sind. Ich frage mich, wieso bisher niemand hier sesshaft wurde. Vielleicht war und ist jeder Besucher stets aus irgendeinem Grund nur auf der Durchreise. Oder es sind die Berge, denn ich muss zugeben, dass man sich hier schnell wie in einer Falle fühlen kann. Auf der einen Seite die See und auf der anderen Berge. Man ist wie auf einem Präsentierteller.

Jedenfalls kam ich vor drei Monaten an und kann sagen, dass ich mich hier so wohl fühle wie nirgends … *seit damals*. Es ist nicht so, dass ich euch blind vertraue, aber ich habe auch nicht das Gefühl, dass von euch eine direkte Gefahr ausgeht. Damit meine ich aber nicht den Neuzugang. Den werde ich im Auge behalten, denn ihm traue ich nicht über den Weg.

Tja, das war meine Geschichte."

Kapitel 15

Ein nächtliches Gespräch

Der schwarze Nachthimmel wurde immer wieder von Blitzen erhellt, während der heulende Sturm den rauschenden Regen ins Land peitschte; das unheilvolle Grollen und laute Donnern ging dabei beinahe restlos unter. Der Wind pfiff bedrohlich durch Spalten und Löcher im Dach und im Mauerwerk der Kathedrale und durch all die Fenster mit zerbrochenen Scheiben.

Während die anderen fest in der Kathedrale schliefen – scheinbar völlig unbeeindruckt vom Getöse der Nacht –, saßen Lucia und Cordh übermüdet auf einer wackeligen Bank vor dem Portal des Westwerks, das in mehreren abgestuften und immer kleiner werdenden Bögen von der Fassade aus zurückgesetzt war. Die große Flügeltüre war abgesperrt und bewegte sich keinen Millimeter. Die Beschläge und das Schloss waren verrostet, das Holz allerdings befand sich in einem einwandfreien Zustand. Auch wenn sie der Regen an dieser Stelle nur in Form vereinzelter Tropfen erreichte, kroch die nasskalte Witterung dennoch ungehindert in ihre Kleidung und ließ sie frösteln.

Cordh hatte kein Auge schließen können und sich deshalb dazu entschieden, die Nase etwas in den Wind vor der Kathedrale zu halten. Nachdem er aufgestanden war, hatte er im Licht der niedergehenden Blitze Lucia bemerkt, die auf der Mauer saß und Richtung Meer blickte. Sie erschrak, als er unerwartet neben ihr auftauchte. Mit einer Kopfbewegung schlug Cordh vor, gemeinsam nach draußen zu gehen, um sich unterhalten zu können, ohne die anderen zu wecken, da man gegen das tobende Unwetter teilweise anschreien musste. Lucia stimmte nickend zu und so liefen sie nahe der Außenmauer zum Portal, wo die Bank stand.

„Xenos versteht die Welt nicht", sagte Lucia laut, „aber er scheint zu wissen, wie er überleben kann. Seine Erinnerung beginnt erst in der Stadt, aber irgendwie muss er es hierher geschafft haben." Sie blickte nach rechts zu Cordh, den sie in diesem Augenblick nicht erkennen konnte. „Schon seltsam, dass er nichts aus seiner Kindheit weiß. Ich hörte nur von Gedächtnisverlust, der sich über einen bestimmten Erinnerungszeitraum erstreckt. Aber so ist es das ganze Leben ... ich weiß nicht."

Ungesehen nickte Cordh. „Meinst du, von ihm geht eine Gefahr aus?"

„Wenn man das wüsste. An sich nicht mehr als von jedem von uns, wenn ich ehrlich bin, nur wirft sein Gedächtnisverlust viele Fragen auf. Was war der Auslöser dafür? Der Vorfall, von dem er die Narbe am Hinterkopf hat? Wenn ja, wieso beginnt seine Erinnerung nicht eher und endet irgendwann am Zeitpunkt der Verletzung?"

„Oder er spielt doch ein ,falsches Spiel', wie Sydell meinte", warf Cordh ein.

„Wer weiß. Aber ich für meinen Teil denke, dass schon etwas passiert wäre, hätte er etwas im Sinn. Er weiß, wie und wo wir leben, er weiß, dass er hier genügend Nahrung hat, die er allein besorgen kann. Er ist nicht auf uns angewiesen."

„Wir können wohl nur darauf vertrauen, dass er nicht lügt und uns sagen wird, wenn er sich an etwas erinnern kann."

Lucia beugte sich nach vorn und verschränkte die Hände. „Ich muss aber zugeben, dass ich das Gefühl habe, dass einen die Gemeinschaft hier unvorsichtig werden lässt. Jeder von uns kennt das Leben von seiner harten Seite und trotzdem wurde man aufgenommen, ganz ohne Fragen. So habe ich es jedenfalls erlebt. Das ist nicht negativ gemeint, immerhin wurde ich auch ein Teil unserer Gruppe. Aber irgendwie habe ich den Eindruck, dass man hier die Schattenseiten schnell vergisst oder verdrängt, ob man will oder nicht. Vielleicht, weil wir uns alle so gut verstehen und es deshalb keinen Grund gibt, sich intensiv mit schlechten Dingen zu beschäftigen."

Cordh lehnte sich zurück und spürte das feuchte Holz der Bank am Rücken. „Das stimmt schon. Aber was will man machen? Wenn wir jemanden wegjagen würden, könnte genau das erst zu einem Konflikt führen. Und es ist ja hier niemand, dem man im Dunkeln nicht über den Weg trauen würde. Das musst du zugeben. Vielleicht würde es anders aussehen, wenn es einen Zwischenfall gegeben hätte. Und wie du schon meintest: Hätte Xenos etwas vor, hätte er es längst getan. Allerdings muss ich dir zustimmen, was das unvorsichtige Verhalten angeht. Wir sollten uns mit den anderen darüber unterhalten. Und zwar ohne ihn."

Lucia nickte und schloss die Augen. Sie atmete die frische Luft tief ein und fühlte sich dadurch leicht benommen.

Sie saßen noch eine ganze Weile auf der Bank, ohne ein Wort zu wechseln, während das Gewitter landeinwärts zog und auf diese Art irgendwann verschwand, genau wie der immer schwächer werdende Regen.

Als die Dämmerung bereits eingesetzt hatte, war Lucia allein. Cordh hatte sich vor einiger Zeit verabschiedet, um etwas Schlaf zu suchen, den er offenbar gefunden hatte, da er nicht wieder aufgetaucht war. Sie hingegen hatte sich auf die Bank gelegt und beobachtete entspannt, wie der Himmel zunehmend heller wurde und die vom Sturm zerrissenen Wolken zeigte, die nach einer Weile vom goldenen Licht der Morgensonne berührt wurden. Irgendwann fielen ihr die Augen zu und sie schlief ein …

Kapitel 16

Eskalation

Lucia wurde von Beauford am frühen Nachmittag durch leichtes Rütteln an der Schulter geweckt.

„Guten Tag", sagte sie lächelnd und rieb sich verschlafen die Augen.

„Da bin ich mir nicht so sicher", sagte er und trat einen Schritt zurück.

Sie richtete sich auf und spürte sofort den Preis der Stunden auf der unbequemen Bank in ihren Knochen. „Ist etwas passiert?"

„Komm erst mal mit", sagte er, wartete, bis sie aufgestanden war und sich gestreckt hatte, und lief mit ihr zum Durchgang auf der Nordseite des Westwerks.

Bereits an der Ecke hörte Lucia Stimmen aus dem Inneren der Kathedrale, ohne den Inhalt des Durcheinanderredens verstehen zu können.

Irritiert blieb sie stehen, als sie in die kühlen Schatten des Gemäuers getreten war. Als man sie bemerkte, wurde es schlagartig still.

In der Nähe der erloschenen Feuerstelle standen Cordh, Xenos und Forg.

Sydell war an ihrem Schlafplatz und damit beschäftigt, in aller Eile ihre Sachen zusammenzusuchen. Sie hielt trotz der zahlreichen Handgriffe ihr Kampfmesser und warf immer wieder einen Blick zu den anderen. Als sie Lucia sah, hielt sie kurz inne. Ihre Brust hob und senkte sich stark. Adrenalin hatte die Sinne der Frau geschärft.

„Was ist denn hier los?" fragte Lucia, die sich das alles nicht erklären konnte. Die Blicke waren auf sie gerichtet.

Ihr fiel auf, dass Xenos mit freiem Oberkörper dastand und barfüßig war. Er bedeckte mit der rechten Hand den linken Oberarm an einer Stelle, an der er augenscheinlich verwundet war – das Blut hatte eine Spur bis zum Handrücken gezeichnet und von da aus über den Knöchel hinweg bis zur Mitte des kleinen Fingers, von wo aus es auf den Boden tropfte. Etwas Blut hatte es auch zwischen den Fingern der rechten Hand hindurch geschafft. Die Wunde schien nicht sonderlich stark zu bluten, da nur gelegentlich ein Tropfen den Staub traf und davon aufgesogen wurde; wahrscheinlich sah das alles schlimmer aus, als es tatsächlich war.

Alle Augen richteten sich wieder auf Sydell, die weitere Dinge in ihren Rucksack packte.

Lucia kam sich in dieser Situation wie jemand vor, der ein Verbrechen aufklären und daher alle Informationen sammeln musste. Oder wie bei diesem Spiel, das sie gerne mit ihren Eltern gespielt hatte: Eine Person schildert eine Szene, wie etwa einen sonderbaren Unfall oder einen offensichtlichen Mord. Danach müssen die anderen mit einfachen Fragen, die man nur mit „ja" und „nein" beantworten darf, herausfinden, was geschehen war. Man darf so lange eine Frage stellen, bis man die Lösung hat oder die Antwort „nein" lautet. Bei einem „nein" ist der nächste in der Reihe mit seinen Fragen am Zug.

„Ich war mich hinter der Kathedrale in der oberen Kabine waschen", sagte Xenos, „und hatte kein Handtuch dabei. Also zog ich meine Hose an, klemmte mir den Rest meiner Kleidung unter den Arm und wollte Platz machen, weil Sydell draußen wartete. Cordh saß weiter weg im Gras. Er hatte Sydell den Vortritt gelassen, das hatte ich gehört. Als ich knapp an ihr vorbei war, zog sie plötzlich ihr Messer und ging auf mich los."

„Ich konnte sie gerade noch von ihm fernhalten, ansonsten hätte sie ihn abgestochen", ergänzte Cordh, dem der Schrecken noch deutlich anzumerken war.

„Zeig uns doch mal deine Tätowierung", sagte Sydell an Xenos gewandt. Dabei deutete sie mit dem Messer auf ihn.

Xenos hob den linken Arm. Unterhalb seiner Achsel befand sich eine dunkelblaue Raute und unter dieser ein schmaler, senkrecht verlaufender, langer Balken; eine kleinere Raute bildete den Abschluss. Am oberen Ende des Balkens lagen links und rechts je zwei waagerechte Balken parallel übereinander, wobei die oberen Balken etwas länger waren als die unteren.

Jeder betrachtete das Tattoo.

Sydell meldete sich wieder zu Wort: „Das ist die *‚Eiserne Libelle'*. Wenn sie euch nicht bekannt vorkommt, dann ist das nicht verwunderlich, denn in den meisten Fällen überlebt niemand eine Begegnung, um später davon zu berichten. Und genau deshalb gibt es hier nur zwei Möglichkeiten: Entweder spielt der Kerl ein falsches Spiel oder er ist ein *‚Späher'*. Wieso? Wenn er kein *Späher* ist, muss er ein falsches Spiel spielen, denn dieses Tattoo macht ihn dann zu einem *‚Jäger'*, egal ob mit oder ohne Waffe. Und selbst wenn er sein Gedächtnis doch verloren haben sollte, ändert das nichts an der Gefahr, in der wir uns alle seit seinem Auftauchen befinden, auch wenn es bisher keinen Beweis dafür gab." Sie sah Xenos an. „Was willst du hier?"

Xenos, der das Tattoo erneut inspiziert hatte, blickte auf und warf Sydell einen ratlosen Blick zu. Er schien zu wissen, dass sie ihm nicht glauben würde, unabhängig von seiner Antwort.

Lucia erinnerte sich, dass sich Xenos kurz nach seinem Auftauchen in der Kabine gewaschen und neu eingekleidet hatte. Es war vermutlich bisher nur Zufall gewesen, dass niemand das Tattoo bemerkt hatte; und eventuell Glück für Xenos, denn die Situation zeigte ihr, dass Sydell letztens nicht nur eine leere Drohung ausgesprochen hatte.

„Ich verstehe irgendwie gar nichts", gab Lucia zu, womit sie nicht allein war. „Was ist die *Eiserne Libelle* und woher weißt du davon, wenn kaum jemand überlebt, um später davon zu berichten?"

Sydell, die weiter angestrengt versucht hatte, ihre Sachen in den Rucksack zu bekommen, blickte auf. Sie musste sich leider eingestehen, dass sie mit Hektik und Unordnung nicht alles unterkriegen würde. „Ursprünglich war die *Eiserne Libelle* eine streng organisierte Vereinigung mit klaren Zielen, doch seit Ewigkeiten ist der überwiegende Teil ein loser Zusammenschluss von Mördern, Verrückten und Perversen, die unter diesem Zeichen ihr Unwesen treiben. Auf der anderen Seite gibt es aber noch eine unbekannte Anzahl an Mitgliedern und Gruppen, die den alten Werten weiterhin treu ergeben sind. Die Grenzen sollen aber immer wieder verschwimmen. Und am Ende ist es unerheblich, wieso man stirbt und wer einen umbringt."

Sie sprach schnell. Man merkte ihr an, dass sie schleunigst weg wollte.

Sie fuhr fort: „Ich kam vor einigen Jahren in einen kleinen Ort, wo man eine Gruppe ausgelöscht hatte. Jedenfalls fast, denn ein Mann war noch am Leben und erzählte mir von dem Überfall. Da hörte ich das erste Mal von der *Eisernen Libelle*. Unter vorgehaltener Hand gehen auch Geschichten um, mit denen man aber nicht hausieren geht, da man nie wissen kann, ob nicht ein *Späher* in der Nähe ist und lauscht.

Jedenfalls riet mir der Mann eindringlich, nachdem ich die ganze Geschichte der *Eisernen Libelle* gehört hatte, einer Konfrontation um jeden Preis aus dem Weg zu gehen und schon beim kleinsten Anzeichen das Weite zu suchen."

Sie sah jeden für einen kurzen Augenblick an. „Und *das* rate ich euch auch."

„Was ist aus dem Mann geworden?" fragte Lucia.

„Er starb in der folgenden Nacht an seinen Verletzungen."

„Hat jemand von euch je etwas davon gehört?" fragte Cordh in die Runde.

„Nur das, was Sydell eben erzählte ...", erklärte Beauford und machte dabei den Eindruck, als sei es ihm unangenehm, darüber zu sprechen. „... dass es zweierlei Anhänger der *Eisernen Libelle* gibt: Die alte Garde und die, die quasi unter fremder Flagge segeln. Man sagt, dass ein Zusammentreffen einem Todesurteil gleichkommt."

„Das Wort ‚Flagge' trifft es übrigens gut", warf Sydell ein. „Das Tattoo ist eine Kriegsflagge."

Beauford erzählte weiter: „Und man sagt, dass niemand es wagt, das Zeichen leichtsinnig zu nutzen, da man nie wissen kann, wer es sieht, denn nicht jedes Mitglied der *Eisernen Libelle* trägt es. Man kann nicht zwingend erkennen, wer dazu gehört und wer nicht. Mehr kann ich dazu nicht sagen. Ich weiß nicht einmal mehr, wo ich das aufschnappte."

„Und was hat es mit alledem auf sich?" wollte Forg wissen.

„Ich sollte zusehen, dass ich hier wegkomme, und mich nicht mit Geschichten aufhalten", fand Sydell und blickte sich nach allen Seiten um. „Das wäre wohl das Beste, denn ich habe keine Lust, mich von dem da" – sie deutete mit dem Messer erneut auf Xenos – „oder denen, die aufgrund seiner Gegenwart noch folgen könnten, umbringen zu lassen."

Niemand sagte etwas darauf; aber jeder wusste, dass von nun an ein Schatten über der Ruhe und der Freiheit liegen würde, die man in dieser Stadt gefunden hatte.

Kapitel 17

Hartnäckigkeit

„Würdest du mir erzählen, was du weißt?" fragte Lucia, die mittlerweile mit Sydell allein in der Kathedrale war.

„Dafür reicht die Zeit nicht", sagte sie, ohne aufzublicken. Sie hatte das Messer zur Seite gelegt, um besser packen zu können.

„Aber es wäre für uns hilfreich", erklärte Lucia. Sie wusste, dass nun der Moment gekommen war, an welchem sich die Gruppe wieder so zufällig auflösen würde, wie sie in den letzten Monaten zusammengefunden hatte.

Für die Männer stand fest, dass man Xenos nicht einfach verjagen oder hier zurücklassen würde. Für Sydell hingegen war es undenkbar, sich unter diesen Umständen weiterhin bei der Gruppe aufzuhalten, auch wenn das bedeutete, Menschen Lebewohl sagen zu müssen, an die sie sich gewöhnt hatte. Und genau zwischen diesen Seiten befand sich Lucia.

Sydell schüttelte den Kopf. „Hilfreich ist nur das Wissen um die *Jäger* und *Späher*, alles andere ist unwichtig. Man erkennt sie ja nicht einmal zwingend auf den ersten Blick. Wenn man das könnte, wäre ich schon längst fort." Sie warf Lucia einen flüchtigen Blick zu. „Misstrauen und Vorsicht helfen mehr als eine alte Geschichte. Und ich kann und will nicht länger hier bleiben."

„Ich würde sie trotzdem gerne hören." Lucia dachte kurz nach. „Wäre die Gefahr hier so akut, hätten wir es sicher schon irgendwie bemerkt. Immerhin ist Xenos schon fünfzehn Tage bei uns. Und er war immer in unserer Nähe. Er konnte niemandem etwas berichten. Folglich weiß keiner, dass er hier bei uns ist."

„Genau da liegt das Problem: Man kann es nicht wissen. Was, wenn er sich nachts unbemerkt nach draußen geschlichen und irgendwo Bericht erstattet hat? Was, wenn er irgendwo Hinweise deponierte und lediglich die Vorhut darstellt? Was, wenn bald die ersten *Jäger* anrücken? Was, wenn man uns seit Wochen heimlich beobachtet?"

„Wozu sollte man das tun?"

„Um zu sehen, ob noch jemand zu uns gehört, der nur momentan nicht hier ist, damit man auf einen Schlag mehr umbringen kann. Ich weiß es auch nicht. Aber was, wenn es so ist? Das sind mir eindeutig zu viele Unsicherheiten und nicht kalkulierbare Risikofaktoren." Sie nahm das Kampfmesser, erhob sich und schaute sich suchend um.

„Vielleicht stirbt die Geschichte mit dir ..."

Sydell lachte bewusst gespielt. „Als würde es etwas am Lauf der Welt ändern, wenn es nicht so wäre." Sie fand ihren selbstgenähten Wasserbeutel aus Leder, der mit einem Holzkorken passgenau verschlossen werden konnte. Das gute Stück entzog sich im Halbdunkel der Kathedrale, bedingt durch die trüben Fensterscheiben, flüchtigen Blicken. Hier und da fielen Sonnenstrahlen durch beschädigte Fenster und durch das eine oder andere Loch im Dach, was dem gigantischen Raum eine sonderbare Stimmung verlieh. „Es ist so irrelevant wie Bilder, Bücher und andere Kulturgüter, die es einst gab, so unwichtig wie alle Vermächtnisse, die ohnehin weitgehend verblasst sind. Mittlerweile ist fast alles zu Staub zerfallen oder unter Trümmern und wuchernden Pflanzen begraben." Sie steckte das Messer in die Scheide, die sich seitlich an ihrem Gürtel befand, und prüfte den Riemen des Wasserbeutels. „Was macht es da für einen Unterschied, ob eine Geschichte mit mir stirbt oder nicht? Zudem gehe ich nicht davon aus, dass ich der einzige und damit letzte Mensch bin, der sie kennt."

„Um es mit deinen Worten von eben zu formulieren: ‚Man kann es nicht wissen.'"

Sydell seufzte mit einem kurzen Lächeln. Sie ahnte schon, dass Lucia nicht aufgeben würde. Auf der anderen Seite hatte sie seit ihrer Entdeckung den Drang, diese Station ihrer Reise schnellstmöglich hinter sich zu lassen. Wenn sie von dieser Stadt wusste und Lucia von ihr erfahren hatte, so war es gut möglich – oder fast unausweichlich –, dass die *Eiserne Libelle* auch davon wusste; vielleicht war eine Horde in genau diesem Augenblick dabei, die ersten Ruinen am Stadtrand zu passieren.

Lucia sah dabei zu, wie Sydell den Rucksack zuschnürte. Schweigend wartete sie auf eine Reaktion.

III. Zwischenspiel

Die Straße

Stille lag über der Gegend. Die Sonne erhob sich Stück für Stück und verdrängte zunehmend den Nebel, der in der Nacht aufgezogen war. Zunächst tauchte der makellos blaue Himmel auf, dann die ersten Baumkronen, dicht gefolgt von Büschen, Sträuchern und hohen Gräsern. Je mehr Nebel verschwand, desto mehr funkelte alles, benetzt vom kühlen Morgentau.

Irgendwann hatte sich der Nebel vollständig aufgelöst und man konnte eine Straße erkennen, deren brüchiger Asphalt die Zeit überdauert hatte und die sich durch die geringe Vegetation – einige Grasbüschel, vereinzelte Sträucher und Disteln – gut erkennbar von den umliegenden Wiesen und Wäldern abhob.

Unter das Grün und die Pracht facettenreich gefärbter Blüten mischte sich unweit der Straße eine andere Farbe – die von Blut. Geöffnete Körper von Frauen und Männern in verschiedenen Altersgruppen und die unzähliger Kinder. Allesamt erstochen und erschlagen. Sie lagen teilweise übereinander, manche einzeln oder gar von ihren Gliedmaßen getrennt, als hätte man alles achtlos weggeworfen wie Müll.

Das Grauen, das die Straße passiert hatte, ließ die Natur unbeeindruckt, denn hoch über den grünen Weiten zogen Vögel dahin, während ihre Artgenossen überall sangen; Insekten schwirrten umher und belebten den Tag, als wäre nichts geschehen ...

Kapitel 18

Erste Wogen

„Den Anfang nahm alles vor 130 bis 135 Jahren, soweit ich weiß", erklärte Sydell und füllte an der Quelle hinter der Kathedrale ihren Wasserbeutel.

Lucia stand daneben und sah Sydell zu, wie diese Luft aus dem Lederbeutel presste, um durch den Unterdruck besser Wasser aufnehmen zu können. Auf den Schultern hatte sie ihren Rucksack, den sie in aller Eile mit ihren wichtigsten Habseligkeiten – alles andere hatte sie in der Kathedrale gelassen – und Proviant für einige Tage bestückt hatte.

Sie hatten sich beide darauf geeinigt, dass Lucia Sydell begleiten konnte, um die Geschichte zu hören – jedenfalls das, woran sich Sydell erinnern konnte, denn nicht jedes Detail war noch präsent. Danach würden sich ihre Wege trennen, denn Lucia hatte vor, mit dem neuen Wissen zurück in die Stadt zu gehen, während sich Sydell wieder allein durchschlagen wollte.

Die anderen hatten sich auf den Weg zum Hafen gemacht, um dort zu fischen, denn man wusste, dass eine Diskussion mit Sydell zwecklos war und man sie nicht von ihrem Vorhaben abbringen konnte. Man hatte sich über Lucias Entschluss gewundert, doch sie war standhaft geblieben, auch wenn die Entscheidung überstürzt hatte gefällt werden müssen, da Sydell keinesfalls Zeit verlieren wollte. Sie wollte fort, egal ob allein oder nicht.

Lucia wusste, dass sie es ewig bereuen würde, wenn sie diese letzte Chance nicht nutzen würde, denn ihr war klar, dass es für Sydell kein Zurück gab; die Geschichte würde mit ihr gehen und irgendwo verschwinden.

Beauford hatte besorgt gefragt, wie es denn weitergehen würde, worauf Lucia versichert hatte, bald wieder in der

Stadt zu sein, um das neue Wissen zu teilen und es so am Leben zu halten. Anschließend hatte man sich voneinander verabschiedet, während Xenos etwas abseits gewartet hatte, um Sydell nicht zu provozieren. Dass alles so plötzlich gekommen war, setzte jedem in der Gruppe zu, zumal man in den letzten Wochen und Monaten immer mehr zusammengewachsen war und jeder als ein wichtiger Bestandteil der Gemeinschaft betrachtet wurde.

„Die Stimmung war weltweit seit Jahren angespannt. Auf der einen Seite Armut und auf der anderen Seite Reichtum, hier Hungersnot und da Krieg um Macht, Land und Rohstoffe, und das nicht nur mit Waffen, sondern auch mit Lügen. Politisch herrschte Chaos. Es wurden Dinge entschieden, die gegen einen gesunden Menschenverstand handelten. Bei anderen Entschlüssen wurde die persönliche Freiheit der Völker immer weiter eingeschränkt und Bevormundung war allgegenwärtig, auch wenn gerne von Demokratie gesprochen wurde. Es gab die, die regierten und etwas zu sagen hatten, und die, die regiert wurden und nicht immer eine Wahl hatten. Natürlich gab es Rebellionen, einige führten sogar zu einem Erfolg und einer Veränderung, doch vieles wurde hingenommen, da ein Großteil der weltweiten Bevölkerung zu faul und zu feige war, um sich zusammenzuschließen und etwas zu bewegen. Oder man ließ Aufstände mit Gewalt niederschlagen oder gar im Keim ersticken. Am Ende regte sich jeder auf, doch fast niemand tat etwas oder war bereit dazu, aus Angst vor negativen Konsequenzen."

Sydell stand auf und drückte den hölzernen Verschluss in die Öffnung des Wasserbeutels.

„Diese zunehmende Fremdbestimmung betraf auch Dinge, vor denen man nicht wegrennen konnte. Zum Beispiel die Verpackung von Lebensmitteln. Der dadurch entstehende Müll war ein riesiges Problem und man konnte als einzelner Mensch nichts dagegen tun, denn kaum jemand war in der Lage, sich vollständig selbst zu versorgen und abgeschottet vom restlichen Treiben der Welt zu leben, um kein Teil dieser Maschine zu sein, die Umweltzerstörung aus

Profitgier betrieb. Und da Politik und Wirtschaft eng verflochten waren, kann man sagen, dass sich das Netz der Unterdrückung immer fester um die Bevölkerung vieler Länder legte und den Leuten den Atem raubte.

Diese Probleme veranlassten nach und nach Menschen, sich öffentlich das Leben zu nehmen. Einerseits aus Protest gegen die bestehenden Verhältnisse, andererseits, um so beispielsweise für sich Frieden mit der Natur schließen zu können. Sie wollten nichts mehr mit alledem zu tun haben, was für sie nur auf diese Art möglich war."

Sydell machte einen Schritt zu ihrem Rucksack, der neben der Quelle im Gras lag, und setzte sich darauf. Den Wasserbeutel legte sie auf die Erde.

Lucia runzelte die Stirn. „Freitod als Protest?"

„Ja. Das erregte mehr Aufsehen als eine Demonstration.

Alles in allem brodelte es und es war nur eine Frage der Zeit, bis das Fass überlaufen würde. Es war eine Zeit, die sich unweigerlich auf eine Revolte zubewegte. Und genau hier lag der Unterschied: Die einen wollten Veränderungen, weil es ihnen selbst schlecht ging. Das Zusammenrücken von Ländern raubte wirtschaftliche Grundlagen und übermäßige Zuwanderung bedrohte die Identität, während die Politik machte, was sie wollte. Die anderen hingegen ließen sich nicht von den Medien beirren und von falschen Informationen leiten. Sie schenkten alledem keinerlei Aufmerksamkeit und betrachteten die Dinge mit ihren eigenen Augen und ungetrübtem Blick. Man musste auch damals nicht alles über die Welt wissen, um zu erkennen, was vor sich ging, und um sich in einigen Bereichen eine Meinung zu bilden. Das ist wie heute und wie es vielleicht schon immer war. Welche Vorgänge im All ablaufen, kann man nur mit Fachwissen erklären, aber Richtig und Falsch kann man bei grundlegenden Dingen normalerweise gut trennen, ohne ein Experte auf irgendeinem Gebiet zu sein. Dazu bedarf es nur Verstand. Der wurde aber damals bei einem Großteil der Bevölkerung abgetötet und das durch überaus sinnlose Informationen, die Tatsachen verwässerten, verfälschten oder die Wahrheit komplett verschwiegen."

„Wenn ich das so höre, kann ich verstehen, dass einige davor fliehen wollten", sagte Lucia.

Sydell prüfte die Schnürung ihrer Stiefel und nickte. „Es gab Leute, die sich auf öffentlichen Plätzen verbrannten, andere hielten plötzlich auf Autobahnbrücken, stiegen aus ihren Fahrzeugen und sprangen in den Tod. Zu dieser Zeit gab es von Seiten der aufstrebenden Rebellen noch keine Anschläge auf Unbeteiligte, wie es durch religiöse Motive und Kriegstaktik immer wieder der Fall gewesen war. Wie gesagt, es nahm zu dieser Zeit alles seinen Anfang und es dauerte eine Weile, bis sich dieses neue Bewusstsein formen konnte und einige die Bedingungen und Zwänge nicht mehr hinnehmen wollten, unter welchen sie ein vermeintlich freies Leben führten. Man trug die Ideen nach außen und ließ Taten sprechen. Dabei muss ich anmerken, dass es vorwiegend reiche und gut entwickelte Länder waren, in denen all das geschah, denn es gab praktisch immer Länder und Gebiete auf der Erdkugel, wo Krieg, Hunger und Unterdrückung an der Tagesordnung waren und wo es für die dort lebenden Menschen keine Möglichkeit gab, sich selbst aus ihrer Lage zu befreien."

Sie stand auf und steckte den Wasserbeutel vorsichtig in eine Seitentasche am Rucksack. „Es waren anfangs nicht viele, die so handelten und ihr Leben ließen. Unter den Milliarden Menschen weltweit vielleicht 50. Ungleich mehr dachten natürlich so und bewunderten die Konsequenz derer, die sich töteten, fanden ihr eigenes Leben letztendlich aber nicht so eingeengt oder gar einengend, um es freiwillig zu beenden. Vielen waren Familie und ein schönes Haus wichtiger als die Freiheit, die sie sich eigentlich wünschten."

Kapitel 19

Gefangen im Kreis

Irgendetwas fehlte ihm.

Er hatte einen Job und damit sein Auskommen, er hatte Freunde und Bekannte, eine nette Wohnung und ausreichend die Möglichkeit, seinen Freizeitbeschäftigungen nachzugehen. Er befand sich seit langem in keiner Beziehung, was ihn aber nicht weiter störte; körperliches Verlangen war lediglich ein Trieb und er hatte auf lange Sicht ohnehin nicht vor, seine Gene an die nächste Generation weiterzugeben – schon gar nicht in diesen Zeiten.

Nüchtern betrachtet ging es ihm gut. Und doch fehlte etwas.

Es gab Tage, an denen fühlte er sich wunderbar. Er schwebte förmlich dahin und befand sich in seiner inneren Mitte. An anderen Tagen wiederum wagte er sich nicht hinaus unter Menschen – sofern er nicht zwingend musste – und saß apathisch herum oder begann dies und das, wobei er schnell das Interesse verlor; oder er schlief die meiste Zeit. Er kapselte sich vollkommen ab und ließ die Stunden und Tage verstreichen, ohne dass er etwas tat. Und dann gab es wieder Momente, in denen er ein Feuer in sich lodern spürte, das er nicht bändigen konnte; er fühlte, dass er aufbrechen musste, doch wusste er nicht, wohin. Er wägte dann die möglichen Konsequenzen ab und blieb letztendlich an der Stelle stehen, an der er sich befand, bis das Feuer alles verzehrt hatte bis auf die träge, leere Hülle.

Doch was brachte das schon? Dahinleben. Engte er sich nicht selbst ein, wenn er alles so ließ, wie es war? Vergeudete er nicht wertvolle Zeit, wenn es ihm nicht gelang, die Mauern seines aktuellen Lebens zu durchbrechen und einen *Neuen Weg* zu beschreiten?

Seit Monaten kreisten seine Gedanken immer wieder um ein Thema. Einige Aspekte der ganzen Sache beschäftigten ihn schon Jahre, doch nun schien sich alles zu einem Bild zusammenzufügen, das sich nach und nach vom rastlos wabernden Nebel seines Geistes abhob.

Am Ende blieb die Erkenntnis, dass er nur dieses eine Leben hatte. Wenn er sich mit all den Versagern da draußen verglich, erkannte er, dass er erstens die Möglichkeiten für eine persönliche Veränderung hatte und zweitens so eventuell etwas Bleibendes schaffen konnte. Es war nur eine Frage der Sicherheit. War er bereit, all das aufzugeben, was er sich erarbeitet und was ihm das Glück zugespielt hatte? War er bereit, noch einmal von vorn zu beginnen?

Je länger er sich mit diesen Gedanken auseinandersetzte, desto klarer wurden seine Vorstellungen und desto mutiger sein loderndes Herz ...

Kapitel 20

Geburt einer Neuen Sonne

„Es wäre schon möglich, etwas zu ändern", sagte der Fahrer. Er war Anfang 20 und hielt sich seit drei Jahren mit verschiedenen Jobs über Wasser, um in Ruhe darüber sinnen zu können, was er eigentlich vom Leben erwartete und welche Ziele er verfolgen sollte.

Der Wagen stand auf einem Parkplatz, der parallel zum Strand verlief. Von hier aus konnte man, bedingt durch die etwas erhöhte Lage, wunderbar dem Sonnenaufgang beiwohnen – in den nächsten Minuten würde es so weit sein.

„Und wie soll das funktionieren?" fragte der Beifahrer, nahm einen Schluck aus der Weinflasche und reichte sie zurück. Er war ebenfalls Anfang 20, studierte Maschinenbau und wurde komplett von seinen Eltern finanziert. Diese waren der Meinung, er solle sich auf das Studium konzentrieren und nicht auf ablenkende Jobs und die Frage, wie er an Geld für Nahrung und die Miete kommen konnte; sie wussten nicht, dass er lieber um die Häuser zog und einen Großteil des monatlichen Budgets für Gras ausgab.

„Wenn sich zum Beispiel all jene zusammenschließen würden, die sonst nicht zur Wahl gehen, um dann geschlossen eine Partei zu wählen", war die Antwort. „Es müsste nicht einmal eine Partei sein, die einen Plan hat. Es ginge nur darum, der bestimmenden Klasse zu zeigen, dass sie sich ihrer Position nicht zu sicher sein darf, auch wenn sie es leider seit Jahrzehnten ist."

„Das dürfte aber nie passieren", sagte der Beifahrer und sah zum Strand, wo er einen Mann joggen sah. Ein Hund rannte neben ihm und blickte stets kurz zu seinem Herrchen.

„Genau", stimmte der Fahrer zu und sah in den Rückspiegel, „denn irgendwie ist ja doch jeder zufrieden, selbst wenn diese Meinung darauf beruht, dass irgendwo jemand verhungert, während man einen halbvollen Kühlschrank in der Wohnung hat." Er nahm einen Schluck. „Es geht den Leuten noch nicht schlecht genug."

Der Beifahrer ließ den Mann am Strand nicht aus den Augen.

Das Meer rauschte sanft, während irgendwo hinter ihnen seit einiger Zeit die ersten Vögel in den Bäumen ihre Lieder sangen; Sirenen heulten irgendwo in der Stadt. Die Luft war angenehm kühl und der frische Geruch, der durch die vollständig heruntergekurbelten Scheiben zu ihnen drang, kündigte einen heißen Tag an. Am Himmel zogen vereinzelte Wolkenbänder gemächlich dahin, während der Streifen am Horizont langsam immer heller wurde.

„Und wir haben nichts zu erwarten", sagte der Beifahrer. „Von wem auch?"

Der Fahrer nickte. „Wahlen wären durchaus eine Variante. Es gäbe aber noch einen anderen Weg."

Interessiert nahm der Beifahrer den Blick von dem Jogger, der mit seinem Hund bereits vorübergezogen war und dem Strandverlauf unbeirrt nach rechts folgte.

„Dabei steht aber die Frage im Raum, ob man bereit wäre, sich selbst aufzugeben und das eigene Leben einer Vision zu widmen. Das Problem beschäftigt mich schon lange."

„Hast du mittlerweile eine Lösung gefunden?"

Der Fahrer nickte, nahm einen Schluck und gab die Flasche zurück.

„Und wie lautet sie?" fragte der Beifahrer und trank.

Vor ihnen erstrahlte rosa der erste Teil der flammenden Sonne, deren Schein augenblicklich die Lichtstimmung veränderte, während der Mann am Strand mit seinem Hund in der Ferne verschwand.

Der Fahrer sah dabei zu, wie das Sonnenlicht die Wolken am Himmel färbte, und antwortete knapp: „Ich lasse alles hinter mir und verändere die Welt."

Kapitel 21

Konglomerat

„Und so fing alles an?" fragte Lucia.

Die beiden Frauen marschierten seit einiger Zeit landeinwärts Richtung Osten.

„Grob betrachtet", erklärte Sydell. „Auch auf die Gefahr hin, mich hier und da zu wiederholen: Es war ein langer Prozess, der mit dieser Idee begann. Nach und nach formten sich Pläne, die immer konkreter wurden, je mehr Leute sich der Sache anschlossen. Es entstand ein Netzwerk, von dem nur die wussten, die selbst darin verkehrten. Von Studenten über Arbeiter bis hin zu Anwälten und Konzernchefs waren alle Schichten vertreten. Verschwiegenheit war wichtig, denn man konnte nicht riskieren, dass alles aufflog. Später hatte man zwar Mitglieder bei der Polizei und den Geheimdiensten, aber bis dahin war es ein langer Weg.

Es gab im Netzwerk auch eine Menge Chaoten, die sich der Sache anschlossen, weil sie keine andere Perspektive und keinen anderen Sinn in ihrem Leben sahen. Politische Aktivisten und Naturschützer gesellten sich so dazu wie Rassisten und Sozialdarwinisten. Es dauerte auch nicht lange, bis sonderbare, esoterisch angehauchte Gruppen ihren Einzug hielten. Einige waren der Meinung, die Kontinente würden ein eigenes Bewusstsein besitzen und so dafür sorgen, dass es beispielsweise zu Kriegen kam, um auf diese Art aktiv an der Gestaltung der Welt mitzuwirken. Oder sie deuteten die Existenz des Netzwerkes als Vorbereitung auf ein kommendes Ereignis, das von Planetenkonstellationen abhing."

„Gab es bei so unterschiedlichen Ansichten und Motiven keine Reibereien?" wollte Lucia wissen, die regelrecht überrollt wurde von der Flut an Informationen; speziell der genannte Punkt mit dem Eigenbewusstsein der Kontinente faszinierte sie.

„Anfangs nicht, denn jeder zog am selben Strang. Es war auch ein ungeschriebenes Gesetz geworden, dass man weder austreten konnte, noch Außenstehenden vom Netzwerk erzählen durfte. Wer diese Gesetze brach, wurde beseitigt. Ebenso wie die Außenstehenden, die von dem Netzwerk erfahren hatten. Das traf auch auf alle Familienmitglieder der jeweils Beteiligten zu. Jeder kontrollierte jeden und Fehltritte wurden nicht geduldet, völlig egal, wer sie beging.

Die, die mit Herz und Seele dabei waren, gaben ihre Träume und Wünsche auf. Sie wussten, dass jedes Leben ersetzbar war und dass sie mitunter ihre eigene Zufriedenheit opfern mussten, wenn sie das Ziel des Netzwerkes verfolgen wollten. Die bedingungslose Selbstaufgabe war zudem ein Indikator für die Reinheit der Überzeugung, die hinter allem stand und auch zu stehen hatte. Viele waren dem nicht gewachsen, wodurch sich die Reihen immer wieder lichteten. So wurde ständig verhindert, dass ein fauler Apfel die ganze Ernte verderben konnte."

„Und was war das Ziel?"

„Anfangs bestand der Plan darin, eine landesweite Rebellion anzufachen, um die bestehenden Machtverhältnisse zu sprengen. Die Idee verbreitete sich recht schnell, so dass es bald nicht mehr um ein Land ging, sondern um ein weltweites Vorhaben. Man wollte den Banken und den großen Konzernen ebenso die Macht entreißen wie der fehlgeleiteten Politik. Aber mit der Zeit veränderten sich die Dinge.

Durch die Eigendynamik innerhalb des Netzwerkes entstand eine Energie, die alles vorantrieb, um die Idee von Bewegung und Veränderung zu verwirklichen. Einerseits gab es die bereits erwähnte Selbstaufgabe, durch welche weder Ruhm noch Ehre lockten, andererseits befreite man sich zunehmend innerlich von den Zwängen der Gesellschaft, wobei man zum Schutz des Netzwerkes darauf achtete, nach außen hin weiterhin unauffällig zu wirken. So schraubte der liebevolle Familienvater, der sein Geld in einem Büro als Steuerberater verdiente, nach Feierabend nicht in seiner Garage am Oldtimer des Großvaters, sondern steckte mit Computerfreaks in irgendeinem Keller die Köpfe zusammen und spielte mit ihnen verschiedene Szenarien durch, wie man beispielsweise möglichst geschickt ganze Finanzsysteme zusammenbrechen lassen konnte.

Letztendlich gipfelte alles in dem Plan, die Welt, wie man sie kannte, vollständig kollabieren zu lassen, um eine *Neue Weltordnung* zu errichten. Bis zu diesem Punkt war alles nur graue Theorie in den Phantasien der Mitglieder gewesen, ein Krieg an vielen Fronten, mal mit mehr und mal mit weniger vielen Opfern und Erfolgen. Nun gab es ein festes Ziel, auf das sich alle Anstrengungen gebündelt richteten."

„Der *Gau* vor 98 Jahren ...“

Sydell nickte. „Alles lief auf diesen Tag hinaus. Mitglieder des Netzwerkes drangen in den Jahren der Vorbereitung systematisch in die obersten Regierungsebenen ein und in sämtliche Konzerne, die bedeutenden Einfluss auf wichtige Prozesse im Lauf der modernen Welt hatten. Zum Beispiel Mineralölunternehmen, die Waffenindustrie und das Militär oder Unternehmen, die Strom erzeugten. Oder sie gründeten kleine Gruppen, die mit ihrem speziellen Wissen gezielt zuschlagen konnten – es sollte nichts dem Zufall überlassen werden und jeder war bestrebt, seinen Teil beizutragen, damit die Welt diesen Tag nie vergessen würde."

Lucia blickte kurz zurück. Die Kathedrale war längst hinter den Bäumen des dichten Waldes, durch den sie liefen, verschwunden. Sie würde sich auf dem Rückweg nur Richtung Westen halten müssen, um dann gegebenenfalls der Küste zu folgen, sollte sie nicht in der Nähe der Stadt landen. Sie war zuversichtlich, dass alles problemlos gelingen würde; trotzdem wollte sie versuchen, sich hier und da grobe Orientierungspunkte in der Landschaft einzuprägen.

„Alles sollte so ablaufen, wie es das letztendlich auch tat. Der Effekt war die weltweite Zerstörung der Energieversorgung, der Infrastruktur und der Wirtschaft. Ein völliger Zusammenbruch der modernen Zivilisation.

Im Zuge jener Planungen entstand auch das Zeichen der *Eisernen Libelle*, welches Xenos trägt."

„Wieso ausgerechnet eine Libelle?"

„Das konnte mir der Mann, von dem ich das alles weiß, nicht sagen. Ich denke, weil sie gute Augen hat und eine Meisterin des Fluges ist. Man könnte das übertragen, denn die oberen Riegen des Netzwerkes hatten jeden Bereich im Blick, auch wenn sich alles nach unten hin vermeintlich immer mehr aufspaltete und verselbstständigte. Aber ohne eine zentrale Stelle, welche die unsichtbaren Fäden in den Händen hielt, wäre ein solches Vorhaben nie umsetzbar gewesen, eben aufgrund der vielen Beteiligten und ihrer unterschiedlichen Anschauungen und Beweggründe. Einen weiteren Bezug könnten ihre Flugkünste darstellen, denn lautlos, schnell und fehlerfrei wurden sämtliche Bereiche der damaligen Welt infiltriert. Vielleicht wurde sie auch gewählt, weil sie schön ist und trotzdem ein Räuber." Sydell zuckte kaum merklich mit den Schultern.

„Mich wundert, dass so etwas funktionieren und über drei Jahrzehnte geheim gehalten und geplant werden konnte."

„Es kann nur eine Frage der Disziplin gewesen sein. Man sorgte während der Anschläge sogar dafür, dass es auch Gebäude und Firmen traf, die komplett in der Hand der *Eisernen Libelle* waren, ob nun irgendwann übernommen oder von Mitgliedern gegründet. Das sollte eventuell anstehende Untersuchungen erschweren. Bei der Explosion eines riesigen Bürokomplexes kam sogar der Mann um, mit dessen Idee alles seinen Anfang genommen hatte. Die genauen Zusammenhänge rund um seinen Tod konnte man nie klären. Man vermutet aber, dass es seine Absicht gewesen war, an genau diesem Tag zu sterben.

Interessant ist auch, dass er stets den höchsten Rang innerhalb der *Eisernen Libelle* gehabt hatte, ungeachtet der ideologischen Entwicklung in all den Jahren, was ihn zu mehr machte als zu einem geistigen Vater. Weil nur ausgesprochen wenige Personen innerhalb des Netzwerkes Position und Identität des Mannes kannten, war er für jeden *,Der verborgene Gott'.*"

Lucia fragte sich still, ob es sich bei dem Bürokomplex um jenen handelte, von welchem Beauford berichtet hatte:

Der Turm. Möglicherweise war dieser die Machtzentrale *Des verborgenen Gottes* gewesen.

„Das Zusammenspiel der weltweiten Zerstörung sollte eigentlich auch das Ende der Pläne markieren, die Erfüllung der Vision. Aber es war nicht das Ende. Irgendwie war es erst der Anfang, denn plötzlich tauchten überall *Jäger* und *Späher* auf, die sich weiterhin systematisch den Überlebenden widmeten, denn man ging davon aus, dass es wieder wie vorher werden könnte, würde sich die Menschheit erholen; dazu wären theoretisch nur einige Leute nötig gewesen. Hätten sie strukturiert mit dem Wiederaufbau begonnen, hätte das wahrscheinlich weitere Menschen motiviert, ebenfalls mit anzupacken. Daher war das neue Ziel die völlige Auslöschung unserer Art. Und wenn es zweckdienlich war, so brachte man auch seine Kameraden und danach sich selbst um, da es nichts Höheres und Erstrebenswerteres gab als diesen letzten Plan.

Durch den Wegfall des perfekt organisierten Netzwerkes gab es auch zunehmend wieder Kämpfe und ganze Kriege um Macht, Ressourcen und Reichtum. Religion und Rassismus wurden ebenfalls wieder Grundlagen für blutige Auseinandersetzungen. Bald war ein neuer Weltkrieg entbrannt, wobei jeder gegen jeden vorging und das mit allen Mitteln. Chemische Waffen und Kernwaffen, die ganze Regionen einfach auslöschten. Letztendlich war es ein Durcheinander, das niemand mehr kontrollieren konnte. Am Ende hatte die *Eiserne Libelle* das längere Durchhaltevermögen und erwies sich als letzte Macht, welche die Welt formen würde. Ich denke, ihr Gründer hätte zu seinen Lebzeiten nie damit gerechnet, dass sich die Dinge letztendlich so entwickeln würden."

„Ich hörte davon, dass das *Netzwerk*, das sich nach dem *Gau* aufbaute, zerschlagen wurde und nicht nur daran zugrunde ging, weil unter anderem der Treibstoff für die Generatoren ausging."

Sydell nickte und blieb stehen. „Das stimmt. Und damit schritt der Untergang weiter und vor allem zügig voran, denn es war plötzlich nicht einmal mehr möglich, Informationen binnen kürzester Zeit über größere Entfernungen zu übertragen und damit etwas von den Zuständen in anderen Gegenden und anderen Ländern zu erfahren. Man wurde endgültig isoliert, denn der Verbund an Funkstationen hatte bis zu diesem Zeitpunkt noch das Gefühl einer unbestimmten Gemeinschaft aufrechterhalten. Ungeachtet der fehlenden Berichte aus dem Äther wirkte der Wegfall des *Netzwerkes* auch sehr demoralisierend, was einen eventuellen Wiederaufbau in noch weitere Ferne rückte."

Lucia, die auf gleicher Höhe stehen geblieben war, blickte sich um.

„Um aber nochmals auf das Thema zu kommen, wie das alles hatte klappen können: Es wäre beinahe nicht so glatt gegangen."

Sie standen auf einer Anhöhe, vor der sich eine Wiese ausbreitete. Dahinter erstreckte sich ein licht gewachsener Birkenwald, der sich links und rechts in der Ferne verlor.

„Wieso nicht?"

„Es gab angeblich einen Informanten, der vom Anschlag auf den Bürokomplex erfahren hatte, in welchem der Gründer der *Eisernen Libelle* einen Firmensitz hatte", erklärte Sydell. „Hätte man diesen Anschlag und damit den Tod des Mannes verhindert, wäre man vermutlich den Plänen auf die Spur gekommen. Doch ehe der Informant sein Wissen weiterleiten konnte, hatte er wohl mitbekommen, dass sich die Sache in ganz anderen Dimensionen abspielte, als zunächst angenommen. Oder er hatte erkannt, dass es nicht mehr aufzuhalten war."

Dieser Teil der Geschichte erinnerte Lucia enorm an das Erlebnis ihrer Ururgroßmutter. Konnte auch das ein Zufall sein? Ein Zufall wie das Aufeinandertreffen der Menschen, die sich mit ihren Geschichten in der Stadt zusammengefunden hatten? Jede Geschichte war ein Teil dieses Geflechts.

„Das ist also die Vergangenheit, die alles so formte, wie wir es nun sehen", sagte Lucia und setzte sich gemeinsam mit Sydell wieder in Bewegung.

„Ja. Ich glaube, viele Menschen wussten, dass irgendwo etwas zu brodeln begonnen hatte, rein aus dem Gefühl heraus. Zugleich denke ich aber, dass sie alle gleichermaßen überrascht und schockiert waren, als es zum *Gau* kam und sie sich am *Tag Null* draußen umsahen."

Der Birkenwald vereinnahmte sie mit seiner zauberhaften Aura binnen kürzester Zeit. Er bot nach allen Seiten hin das gleiche Bild: Ein schillernd wirkendes Blättermeer über ihren Köpfen, in welchem der Wind zart säuselte, getragen von den hellen Stämmen, die sich aus einem Teppich aus Moos, sattem Gras und Farn erhoben. An einigen Stellen war es vereinzelten Blumen mit kräftig gefärbten Blüten möglich gewesen, ihre Köpfe zur Sonne zu recken und so diesen Ort der Ruhe noch schöner zu machen.

Der Wald hatte etwas Hypnotisches, und so liefen sie unbeirrt geradeaus und blickten sich dabei um, ohne auch nur ein Wort zu wechseln.

Kapitel 22

Die Ruhe des Verfalls

„Wie wird es nun weitergehen?" fragte Lucia.

Sie befanden sich in den letzten Ausläufern des Birkenwaldes – dieser war gigantischer gewesen, als sie anfangs gedacht hatten –, wo sich nach und nach Eichen, Buchen und andere Laubbäume unter den Bestand mischten. Sie saßen in einer verfallenen Halle, die kaum noch als solche zu erkennen war, da die Architektur begonnen hatte, sich in der sie umgebenden Natur aufzulösen.

Der Boden und die Wände waren größtenteils von Moos überzogen, während vom Dach nur noch vereinzelte Träger übrig waren, welche wie die Reste eines Skeletts hoch über den Köpfen der Frauen schwebten. Hier und da hingen Ranken in die Halle hinab, die sich sanft im Windhauch wiegten, der so leicht war, dass man ihn beinahe nicht auf der Haut spüren konnte. Der Rest des Daches war in die Halle gestürzt, deren Boden sich in all den Jahrzehnten gesenkt und mit Wasser gefüllt hatte, das nun glasklar und spiegelglatt dalag und auf diese Art verblüffende optische Verzerrungen und Reflexionen erzeugte. Neben dem vereinzelten Gesang verschiedener Vögel, der gedämpft an die Ohren der Frauen drang, gab es keinerlei Geräusche; auf allem lag so etwas wie Frieden, was den Ort wie den Teil eines schönen Traumes wirken ließ.

Lucia hatte nach Sydells Ausführungen all jene Geschichten erzählt, die sie durch die anderen Mitglieder der Gruppe kannte. Sydell hatte diese Fragmente dankend angenommen, denn sie kamen neuen Bereichen einer alten Steintafel gleich, die man vorsichtig freilegen musste, um die Inschrift lückenlos lesen zu können; wäre Lucia nicht mitgekommen, hätte sie dieses Wissen sehr wahrscheinlich nie erhalten.

„Eine gute Frage", antwortete Sydell, die auf ihrem Rucksack saß und den Blick durch die Halle schweifen ließ. „Ich werde mich wieder auf mein Gespür verlassen und meinen Marsch fortsetzen. Vielleicht mehr Richtung Süden." Sie blickte zu Lucia auf, die einige Schritte rechts vor ihr an einem rostigen Geländer stand, auf das sie sich mit den Unterarmen stützte. Auch ihr Blick schweifte umher. „Du wolltest doch wieder zurück. Oder hast du deine Pläne geändert?"

Die Luft in der Halle war kühl und es roch nach Feuchtigkeit und Moos. Die Schatten wurden länger und der Himmel verlor zunehmend seine leuchtend blaue Farbe, während sich der Tag darauf vorbereitete, später der Nacht das Feld zu überlassen.

„Ich bin ehrlich gesagt unentschlossen", gab Lucia zu, ohne sich zu Sydell umzudrehen. „Einerseits frage ich mich, was es bringen soll, wenn ich wieder umkehre. Andererseits weiß ich auch nicht, was vor mir liegt, wenn ich es nicht tue. Den anderen sagte ich, dass ich zurückkommen werde, um ihnen die Geschichte zu erzählen. Es wäre unfair, einfach ohne ein Wort zu verschwinden, zumal sie sich wohl Sorgen machen würden. Aber am Ende ist das auch egal."

„Man kann sich kaum sicher sein, ob so eine Entscheidung richtig oder falsch ist, unabhängig davon, ob man es direkt erkennt, erst nach langer Zeit oder nie. Früher war das vielleicht einfacher einzuschätzen, aber heute zählen andere Dinge." Sie betrachtete Lucia. „Scheint, als stündest du an einem Scheideweg."

Lucia nickte. „Das Gefühl habe ich auch."

IV. Zwischenspiel

Flucht

Er rannte; und er hörte Stimmen, die nach ihm riefen.

Hastig kämpfte er sich durch hohes Gras und Gestrüpp, um schnellstmöglich den Wald zu erreichen und dort Deckung zu finden. Dabei nahm er die Welt in Zeitlupe wahr, während sämtliche Geräusche lauter auf ihn einströmten, als sie es sonst taten.

Er hielt die Hände schützend vor sein Gesicht, als er endlich den Waldrand erreicht hatte und in das Unterholz vorstieß. Dabei stellte er fest, dass überall an seiner Haut und der Kleidung Blut klebte. Schlagartig hielt er inne und versuchte zu spüren, ob er irgendwo verletzt war.

Sein Hinterkopf schmerzte. Vorsichtig ertastete er die Stelle, die sich als blutende Wunde entpuppte, von der er nicht sagen konnte, wie er sie bekommen hatte. Aber sie konnte keineswegs die Ursache für *all* das Blut sein.

Die Stimmen riefen energischer und spien ihm Drohungen hinterher. Er konnte nicht alles verstehen, doch er wusste genau, dass er schnellstmöglich Abstand zwischen sich und seine Verfolger bringen musste, denn ein Zusammentreffen würde er nicht überleben – auch wenn er keine Ahnung hatte, was geschehen war und weshalb er flüchtete.

Er nahm den Blick von seinen blutverschmierten Armen und rannte weiter.

Er musste tief in den Wald gelangen, um so eventuell die Möglichkeit zu haben, kurz verschnaufen und über seine nächsten Schritte nachdenken zu können.

Die Rufe der Verfolger wurden nach und nach leiser. Eine Stimme in seinem Kopf sagte ihm jedoch, dass sie sein Gesicht niemals vergessen würden.

Kapitel 23

Tanz der Lichter

Es war ein Anblick, der Sydell und Lucia vollkommen in seinen Bann zog: Die Halle wurde erfüllt von unzähligen Glühwürmchen, die sanft ihre Bahnen zogen und deren Anzahl durch die Spiegelungen auf dem Wasser nahezu verdoppelt wurde. Hinzu kam, dass ihr Schein rastlos über die vielen in der Halle vorhandenen Oberflächen huschte. Es war ein magischer Moment, dem die Frauen schweigend beiwohnten.

Lucia nahm einen Zug von der Zigarette und reichte sie an Sydell weiter.

Sie saßen auf dem Boden unweit der Türöffnung, durch welche sie in die Halle gekommen waren. Sie lehnten bequem mit dem Rücken an der Wand und verfolgten das Schauspiel.

Irgendwo außerhalb der Halle zirpten Grillen, während sich der Vollmond immer wieder kurz hinter vorüberziehenden Wolken verbarg und so das Leuchten der Glühwürmchen intensivierte, um im nächsten Augenblick einige der Schatten zu trügerischem Leben zu erwecken.

Sydell ließ die Spitze der Zigarette aufglühen.

„Eigentlich ist es egal, was ich tue", sagte Lucia und durchbrach damit die Stille, die eine gefühlte Ewigkeit angedauert hatte. „Ich kann es drehen und wenden, wie ich will, das bringt mich nicht weiter."

Es gab zwei Möglichkeiten: Zurück in die Stadt gehen oder sich allein behaupten. Der dritte Weg stand, wenn sie ehrlich zu sich selbst war, nicht zur Debatte. Er war nie Thema ihrer Unterhaltungen gewesen und doch wusste sie, dass Sydell niemanden an ihrer Seite gebrauchen konnte, der sie allein durch Anwesenheit in ihren Entscheidungen beeinflusste. Sydell war eine ganz andere Natur als jeder einzelne in der Stadt; sie war dazu bestimmt, ihren Weg allein zu gehen, ohne Rücksicht nehmen zu müssen.

„Du hast sicher nicht unrecht, aber ganz so einfach kannst du es dir auch nicht machen", sagte Sydell, nahm noch einen raschen Zug und gab die Zigarette zurück. „Heute hat nichts mehr Bedeutung. Ich glaube, dass, unabhängig vom Treiben der *Eisernen Libelle*, längst ein Punkt überschritten wurde, ab dem sich die Menschheit nicht mehr erholen kann und einfach aussterben wird. Gut, es würde für unser eigenes Leben auch keinen Unterschied machen, wenn alles wieder aufgebaut werden würde, denn wir haben nur dieses eine und müssen zusehen, wie wir zurechtkommen. Aber es gibt nichts mehr, nach dem wir wirklich streben können, kein wirkliches Ziel, das man mit Kraft und Willen verfolgen und erreichen könnte. Jedenfalls sehe ich das so. Früher musste man auch seinen Weg finden, aber er bestand in der Regel aus einer Tätigkeit zum Broterwerb und einer Familie. Was ich mit alledem sagen will: Der Welt ist es egal, was du tust, das stimmt, aber gerade diese Entscheidung ist durch das Fehlen von anderen Zielen wichtig, denn sie ist nicht einfach wieder zu ändern, wenn überhaupt.

Wenn du in einem Meer schwimmst und links und rechts je eine Insel siehst, die Entfernungen aber nicht abschätzen kannst, dann musst du dich trotzdem für eine der Inseln entscheiden. Gut, auf dem Weg könntest du ertrinken, weil dich deine Kräfte verlassen, aber du würdest definitiv sterben, wenn du dich nicht entscheiden und es nicht versuchen würdest. Und einmal auf dem Weg, kannst du auch nicht einfach umschwenken, da du nichts über die andere Entfernung weißt. Deine Überlebenschance würde also allein beim Versuch noch weiter sinken."

Lucia lächelte. Das stimmte natürlich.

„Ich habe auch keinen wirklichen Plan. Wäre nicht die Sache mit Xenos, hätte ich die Stadt nicht verlassen. Aber so ... Ich möchte nur noch etwas durch die Welt wandern, schöne Orte sehen und einige Jahre überleben. Was morgen ist, weiß man nie."

„Ja", sagte Lucia und nahm einen Zug.

„Wohin zieht es dich ganz spontan?"

Lucia versuchte, all die mehrmals durchgespielten Konsequenzen der zwei möglichen Entscheidungen auszublenden und die erste Antwort zu greifen, die ihr die innere Stimme zuflüsterte. „Ich würde die Stadt wählen."

„Dann solltest du das tun."

„Wir werden uns wohl nie wieder begegnen." Das Aussprechen dieser Worte stimmte sie traurig, denn ein Gedanke wurde so unausweichlich zu einer Tatsache. Hätte Sydell eine gemeinsame Reise angeboten, hätte sie diese schweren Herzens abgelehnt; jeder Schritt wäre mit einem schlechten Gewissen gegenüber Sydell verbunden gewesen – und gegenüber sich selbst und den anderen.

„Nicht in diesem Leben", sagte Sydell und sah zu Lucia, deren Umrisse sie nur schemenhaft erkennen konnte. „Ich wäre aber vorsichtig und würde nicht direkt in die Stadt gehen. Beobachte die Situation aus einem sicheren Versteck heraus, denn du musst mit allem rechnen."

Lucia nickte. „Und der Gedanke gefällt mir gar nicht. Was, wenn ich in die Stadt komme und es ist keiner mehr ... da?" Sie wollte gar nicht daran denken, dass alle tot sein könnten.

„Dann würde ich die Beine in die Hand nehmen", war die knappe Antwort. „Ich kann und möchte nicht warten, schon gar nicht hier, denn Stillstand bedeutet Schwäche. Man wird schnell zur Zielscheibe."

Lucia nickte erneut und nahm einen Zug. „Ich würde an deiner Stelle wohl auch so denken."

„Das Leben und Erfahrungen formen jeden. Dass ich Einzelgängerin bin, stieß schon einigen Leuten sauer auf. Aber so ist das nun einmal: Jeder ist sich selbst der Nächste und ich möchte nach Möglichkeit allein für meinen Tod verantwortlich sein."

Lucia gab ihr die Zigarette.

„Du solltest aber gar nicht erst weiter darüber nachdenken. Geh in die Stadt zurück. Sie werden alle dort sein und sich bester Gesundheit erfreuen. Nimm dich nur vor Xenos in Acht und lass ihn nicht aus den Augen. Die Sache stinkt zum Himmel. Dabei bleibe ich. Mit dem Tattoo am Körper *ist* er ein Mitglied der *Eisernen Libelle*, denn niemand wird damit geboren."

Ungesehen nickte Lucia und hörte dabei, wie Sydell den Zigarettenrauch ausatmete.

Kaum dass sie sich im Zauber der Natur verloren hatten, hatte der Tanz der Glühwürmchen seinen Höhepunkt überschritten. Unaufhaltsam verblassten die schwebenden Sterne und warfen die beiden Frauen damit zurück in die Realität aus Mondlicht und gähnender Schwärze.

Sie saßen noch einige Zeit zusammen und unterhielten sich über die verschiedensten Dinge, während der Himmel immer weiter aufklarte, ehe sie im Licht des Mondes, welcher nun fast genau über ihnen stand, ihre Nachtlager aufschlugen und in einen traumlosen Schlaf sanken ...

V. Zwischenspiel

Am Bach

Nachdem er den gesamten Tag und die komplette Nacht ohne Pause gelaufen und immer wieder gerannt war, gönnte er sich an einem kleinen Bach am Rande eines Nadelwaldes einen kurzen Moment der Ruhe. Er kniete sich in das Gras und hielt die Hände, die von Dreck und Blut verkrustet waren, in das im Sonnenschein funkelnde und sanft dahinplätschernde Wasser, das augenblicklich erfrischende Abkühlung schenkte. Er wusch sich die Hände, die Arme und anschließend das Gesicht; das kalte Wasser ließ die Lebensgeister in ihm aufflammen, auch wenn er wusste, dass er in naher Zukunft Schlaf finden musste, um wieder zu Kräften zu kommen.

Vielleicht in einer Höhle oder unter einem Überhang, um einerseits etwas vor der Witterung geschützt zu sein, falls das Wetter schlechter werden sollte, und um sich andererseits vor suchenden Blicken zu verbergen – selbst wenn er annehmen konnte, dass man ihm schon lange nicht mehr auf den Fersen war. Auch würde es ein hohler Baumstamm tun, denn Zweige, Äste und Laub würden eine ausreichende Tarnung bieten.

Auf seiner Flucht war er zu seinem Bedauern der Ursache für die Situation, in der er sich befand, keinen Schritt näher gekommen. Alles war und blieb ein schleierhaftes Rätsel. Etwas Trost spendete die Tatsache, dass die Wunde an seinem Hinterkopf zu bluten aufgehört hatte.

Nachdem er sich gesäubert und reichlich getrunken hatte, richtete er sich auf und sah sich um, wobei er auch auf sämtliche Geräusche zu achten versuchte. Er konnte aber weder etwas Ungewöhnliches sehen noch hören. Hastig entledigte er sich seiner Kleidung und wusch sie im Bach, um das gröbste Blut und den anderen Dreck zu entfernen. In seiner Eile drückte er den Stoff nur halbherzig aus, ehe er sich wieder anzog; die Sonne würde alles noch schnell genug trocknen und bis dahin wollte er die angenehme Kühle auf seiner Haut genießen.

Die Frage, wohin seine Reise nun führen sollte, wollte er während des Weges klären, denn allein der Gedanke an einen längeren Aufenthalt an einem Ort machte ihn nervös.

Er sprang kurzentschlossen über den Bach und behielt die eingeschlagene Marschrichtung bei. Er wollte ab jetzt jedoch nur noch zügig laufen und nicht mehr rennen, um seine Kräfte zu schonen und aufmerksam nach Essbarem Ausschau zu halten.

So ließ er den dichten Wald hinter sich und durchstreifte eine üppige Wiese, die von den Ausläufern des Waldes gesäumt wurde und welche an einem sanft abfallenden Hang gelegen war, der in eine kleine Senke führte. Auf der anderen Seite erhob sich ein neuer Hügel und hinter diesem jeweils versetzt mehrere Reihen weiterer Erhebungen; das Bild erinnerte an Wellen während der Algenblüte. Er konnte zahlreiche Haine ausmachen und in der Ferne große Waldflächen. Alles schien in Bewegung zu sein: Blumen und Gräser neigten sich wogenhaft, während Wolkenschatten schnell über das Land zogen und die Kronen der Bäume vom Wind berührt wurden.

Der Himmel erweckte nicht den Anschein, dass sich das Wetter an diesem Tag noch ändern würde. Dieser Umstand beruhigte ihn etwas, denn er wusste nicht, ob irgendwo auf der anderen Seite der Senke ein Unterschlupf für die Nacht auf ihn wartete.

Kapitel 24

Xenos

Nachdem sich Sydell von Lucia verabschiedet hatte, setzte sie ihren Weg ostwärts fort, während sich Lucia in westliche Gefilde begab, um wieder in die Stadt zu gelangen. Beiden Frauen war das Herz schwer gewesen, als sie sich zum Abschied die Hand gegeben und kurz umarmt hatten. Ihre Leben hatten sich in den letzten Jahren unmerklich einander angenähert und letztendlich vor mehr als zwei Monaten in der Stadt gekreuzt. Von nun an würden sie sich wieder voneinander entfernen und in den Weiten des Kontinentes verlieren. Das Wissen um diesen Verlauf brachte sie den Tränen nahe.

Da Lucia allein ein anderes Marschtempo an den Tag legte als mit Sydell als treibender Kraft, kam sie bedeutend langsamer voran, was ihr aber nicht viel ausmachte. Sie nutzte die Gelegenheit, um in Ruhe über die Unterhaltungen mit Sydell und über sich selbst nachzudenken.

Zwei Tage später erreichte sie am frühen Abend den Rand der Stadt – sie war einige Kilometer weiter südlich auf das Meer gestoßen, hatte aber von einer sehr hohen Klippe aus in der Ferne die Stadt sehen können. Sie befolgte den Rat, den sie erhalten hatte, und bewegte sich im Schutze der Vegetation vorsichtig und wachsam in einem Bogen von Südosten her Richtung Kathedrale, dabei immer wieder von geeigneten Punkten aus für ein paar Momente die Stadt und die Umgebung beobachtend, um eventuelle Bewegungen erkennen zu können – was nicht leicht war, da die Sonne die Schatten in ihre Richtung schickte und sie dabei zusätzlich blendete.

Sie tastete sich immer weiter vor, bis sie durch das Unterholz hindurch freien Blick auf die Wiese auf der Ostseite der Kathedrale hatte, wo die beiden Kabinen standen und der kleine Bach seine Quelle besaß. Etwa 10 Meter rechts von sich konnte sie zwischen den Bäumen die Klokabine erkennen.

Die Gegend lag still da; sie konnte nur den Gesang einiger Vögel hören und das Rauschen des leichten Windes in den Baumkronen, während er sanft ihre Haut berührte und den Duft des Meeres zu ihr trug. Ihr wurde in diesem Augenblick bewusst, dass ihr dieser Geruch unmerklich in den letzten Tagen gefehlt hatte.

Lucia beobachtete den gigantischen Bau aus seinem kühlen Schatten heraus. Sie hielt kurz den Atem an und schloss dabei die Augen, um sich darauf zu konzentrieren, Stimmen oder Bewegungen wahrzunehmen.

Sie öffnete die Augen, atmete die wohlriechende Luft ein und fragte sich, wo alle waren. Doch ehe ihre Gedanken weitere Kreise ziehen konnten, hörte sie etwas.

Sie erkannte Forg, Beauford und Cordh, die sich rennend von der südlichen Seite der Kathedrale her geradewegs dem Wald näherten.

„Ich bin wieder da!" rief Lucia, um auf sich aufmerksam zu machen.

Forg blieb stehen, während Beauford und Cordh mit unvermindertem Tempo in das Unterholz stürmten. Er blickte nach links, da er glaubte, eine Stimme gehört zu haben.

„Forg!" rief Lucia und eilte – das Gesicht mit den Händen vor den Zweigen schützend – auf ihn zu.

Er erkannte sie. Er rief: „Komm mit! Und keine Fragen!" Damit wandte er sich ab und stürmte den anderen nach.

Lucia drehte sich scharf nach links und rannte wieder tiefer in den Wald, wobei sie versuchte, Blickkontakt zu den anderen zu halten, die einen Vorsprung besaßen, der nicht leicht auszugleichen war – wenn überhaupt. Panik machte sich in ihr breit. Was, wenn sie den Anschluss verlieren würde? Wäre sie völlig auf sich allein gestellt? Wie würde es weitergehen? Würden die anderen irgendwo auf sie warten oder sie gar suchen? Und was war passiert? Wovor rannten sie weg?

Während sie den Männern folgte, fragte sie sich, ob die Flucht etwas mit Xenos zu tun hatte – ein Blick zurück verriet ihr, dass ihnen zum Glück niemand im Nacken saß und die Verfolgung aufgenommen hatte.

Erst jetzt realisierte sie, dass jeder der Männer seinen Rucksack auf den Schultern trug. War dies der plötzliche Abschied von ihrem Leben in der Stadt? Und wo befand sich Xenos?

Der Boden stieg noch eine Weile an, ehe er dazu überging, leicht abzufallen. Die Vegetation änderte sich derweil kaum. Man musste ständig aufmerksam sein und aufpassen, um nicht über eine Wurzel zu stolpern oder unglücklich auf irgendetwas zu treten, was bei dieser Schrittgeschwindigkeit leicht zu einer Knöchelverletzung hätte führen können.

Lucia hatte keine Ahnung, wie lange sie gemeinsam rannten, Bäumen auswichen und Hiebe von Zweigen abbekamen, vor denen sie sich nicht schnell genug wegducken oder mit den Händen schützen konnten. Lucias Beine wurden immer schwerer und ihre Lunge begann zu brennen, während der Rucksack schmerzhaft immer wieder gegen ihre Lendenwirbelsäule schlug. Trotz aller Probleme war es ihr dennoch möglich, mit den anderen Schritt zu halten und sie nicht zu verlieren – wenngleich an ein Aufholen nicht zu denken war.

Irgendwann erreichten die Männer den Waldrand und hielten, um zu verschnaufen und sich darüber zu beraten, wie es weitergehen sollte, wodurch es Lucia möglich wurde, endlich zu ihnen aufzuschließen.

„Wenn das nicht Glück war, dann weiß ich auch nicht", sagte Forg außer Atem an Lucia gerichtet. „Wären wir eher los oder wärst du etwas später dort gewesen, hätten wir uns verfehlt."

Beauford und Cordh, welche erst nach einer Weile mitbekommen hatten, dass Lucia zu ihnen gestoßen und mit ihnen auf der Flucht war, freuten sich so sehr wie Forg.

Lucia konnte nur erschöpft und nach Luft ringend nicken. Sie stand nach vorn gebeugt da und stützte sich mit den Händen auf ihren Oberschenkeln ab.

Forg legte seinen Rucksack ab, entfernte sich einige Schritte von der Gruppe und sah sich um. Sie schienen allein zu sein, denn er konnte keine ungewöhnlichen Dinge wahrnehmen. Schlagartig fühlte er sich zurückversetzt in die Zeit, in der er mit Cordh auf der Flucht gewesen war.

„Wo ist Xenos?" fragte Lucia und blickte dabei kurz zu Beauford, der ebenfalls seinen Rucksack ablegte.

„Er ist heute Mittag von einem der Glockentürme gesprungen", erklärte Beauford, dessen Kopf von der Anstrengung ganz rot war.

Lucia horchte auf. Gerne hätte sie sich aufgerichtet, doch ihre Lunge schmerzte. „Wieso?"

„Er sagte, die Erinnerung sei zurückgekehrt."

„Wir haben ihn vorhin erst auf dem Friedhof begraben", sagte Cordh keuchend und wischte sich den Schweiß von der Stirn. Er hatte seinen Rucksack vor sich auf den Boden gestellt und geöffnet. Aufgrund der Umstände, die ihren Aufbruch begleitet hatten, wollte er wissen, was er noch besaß.

„Ich bin etwas ratlos", gestand Lucia und sah die Männer an.

„Und noch einmal hast du Glück", sagte Forg, der sich langsamen Schrittes wieder zu den anderen gesellte, „denn wir können dich erleuchten." Mit dieser Antwort – und einem Lächeln – wollte er die Stimmung etwas lockern.

Kapitel 25

Die Last der Erinnerung

Beauford hatte Forg und Cordh zusammengerufen, nachdem er aus dem oberen Bereich der Kathedrale Geräusche gehört und Xenos nirgends gefunden hatte. Gemeinsam waren sie die steinernen Stufen des südlichen Turmes im Westwerk nach oben gestiegen, um sich dort zu trennen und Xenos zu suchen. Beauford nahm sich den südlichen Turm vor und Forg den nördlichen – er war vorsichtig, denn weiter unten war der zerstörte Teil und keiner wusste, inwiefern hier oben unsichtbare Beschädigungen lauerten. Cordh widmete sich unterdessen der Empore.

Beauford war es, der Xenos fand. Es stellte sich heraus, dass dieser aus einem Fenster im Südturm geklettert war, dort auf einem Vorsprung stand und in die Ferne blickte.

Nachdem Beauford die anderen zu sich gerufen hatte, liefen die Männer am rostigen Glockenstuhl und der opulent verzierten Glocke vorbei durch den vollkommen mit Moos und Gräsern bedeckten Raum – das satte Grün, über dessen Existenz hier oben sich jeder wunderte, ließ alles unwirklich erscheinen.

Keiner wusste, was er sagen sollte. Sie blieben einfach in einigen Metern Entfernung stehen und sahen zu dem Mann, der zwar registriert hatte, dass er nicht mehr allein war, sich aber nicht die Mühe machte, seinen Blick von der Stadt, der See und dem Himmel mit seinen vereinzelten Wolken zu nehmen.

„Ich weiß nun, was passiert ist", sagte Xenos. Er räumte den anderen nicht einmal die Möglichkeit ein, zu Wort zu kommen. „Die Erinnerungen kamen nach und nach zurück. Es war, als würde ich zu den verschiedenen Stationen meiner Vergangenheit reisen.

Bevor ich hierher kam, irrte ich gefühlte Ewigkeiten durch die Wildnis, weil ich auf der Flucht war. Ich *gehörte* der *Eisernen Libelle* an, damit hatte Sydell Recht. Ich wurde hineingeboren in ihre Ideen, ihre Pläne und ihr Tun. Und ja, ich zog als Teil einer Gruppe umher und bin für den Tod von zahllosen Menschen verantwortlich. Ich *war* vor einiger Zeit noch *Späher* und erledigte meine Aufgabe immer hervorragend, denn schon als Kind hatte man damit begonnen, mich dahingehend auszubilden. Die einen wurden zu *Spähern*, die anderen zu *Jägern*. In der Gruppe gab es eine Frau, sie war auch *Späher*. Wir hatten ein Verhältnis. Eines Tages meinte sie zu mir, wir sollten das alles hinter uns lassen, nachts heimlich verschwinden und uns irgendwo in Ruhe niederlassen. Ich fragte, wie sie auf diese Idee gekommen war. Sie eröffnete mir, dass sie von mir schwanger sei, was in Anbetracht der Seltenheit ein Wunder war.

Zwei Tage später schlachteten unsere *Jäger* nachts eine Gruppe ab, die andere *Späher* ausfindig gemacht hatten. Es gab keine Überlebenden. Am darauffolgenden Morgen erkannten wir, dass sich ungewöhnlich viele Kinder unter den Leichen befanden, als hätte eine Macht dieser Gruppe den Segen der Fruchtbarkeit geschenkt. Das bestärkte uns beide in dem Plan, schnellstmöglich zu verschwinden und so ein neues Leben zu beginnen.

Wir sprachen abseits der anderen über einen geeigneten Zeitpunkt, als einer der *Jäger* zu uns kam. Er sagte, dass man sich langsam auf einer Selbstmordmission befinden würde, da es immer weniger Gruppen gab, die nicht zur *Eisernen Libelle* gehörten. Daraus resultierte zwangsläufig, dass man damit beginnen müsse, auch andere Gruppen mit der identischen Gesinnung auszulöschen, um nicht selbst an der Reihe zu sein und sich so einen ruhigen Lebensabend zu sichern, mit der Gewissheit, zu den letzten Menschen zu gehören und mit dem eigenen Tod die alte Vision der Vollendung näher zu bringen oder sie vielleicht sogar Wirklichkeit werden zu lassen.

Dann meinte er, dass man mit all jenen beginnen müsse, die den Zusammenhalt der eigenen Gruppe gefährdeten, denn das sei das ungeschriebene Gesetz aus den alten Tagen. Kaum hatte er den Satz beendet, zog er ein Messer und stach auf meine Partnerin ein. In den Bauch, die Brust und in den Hals, immer wieder, während sie zu Boden sank. Es ging alles so schnell, dass ich zunächst nicht reagieren konnte. Dann zog ich instinktiv mein Messer und rammte es ihm ins Gesicht. Ich stach immer und immer wieder zu. Kreischend ließ er seine Waffe fallen, während ich seine Augen traf, die Wange durchstieß und ihm mit der Klinge die Zähne zertrümmerte. Als er auf die Knie gegangen war, stieß ich ihm die Klinge mit aller Gewalt von oben in den Schädel, woraufhin er zuckend zu Boden ging und nach einigen Sekunden starb.

Durch den Lärm wurden die anderen alarmiert und ich flüchtete. Sie warfen Steine nach mir und trafen mehrmals. Dummerweise nahm ich das Messer nicht mit. Ich schaffte es irgendwie in den nahegelegenen Wald und von da aus immer weiter weg, ohne eingeholt und gefasst zu werden.

All das hatte ich zusammen mit meinen Taten verdrängt, als ich mit ansehen musste, wie mir das wiederfuhr, wofür ich in all den Jahren selbst verantwortlich gewesen war. Bis zu diesem Tag wurden meine Hände nie mit Blut besudelt, aber das machte meine Aufgabe innerhalb der *Eisernen Libelle* nicht weniger grausam. Und als Kind der *Eisernen Libelle* blieb nicht einmal ein kleiner Teil meines Lebens in meiner Erinnerung zurück, lediglich das allgemeine Wissen, keine persönlichen Dinge. Sydells Worte hatten mich anfangs ratlos gemacht, zugleich aber auch Stück für Stück all die Erinnerungen freigelegt, die mein Bewusstsein vergraben hatte. Das Tattoo war mir natürlich nicht verborgen geblieben, aber ich konnte mir keinen Reim darauf machen. Ich hoffte, die Lösung selbst zu finden. Und nachdem Sydell ihr Misstrauen offen ausgesprochen hatte, wusste ich, dass es mein Geheimnis bleiben musste. Erstens wegen ihr und zweitens wegen euch, denn ihr hättet euch sicher gefragt, wieso ich nicht schon eher darüber gesprochen habe. Es gab kein Vor und kein Zurück, bis es durch meine Nachlässigkeit zu dem Zwischenfall kam.

Und ich kann nicht sagen, ob gerade in diesem Augenblick *Späher* und *Jäger* hierher unterwegs sind. Je länger man überlebt, desto geringer ist die Wahrscheinlichkeit, dass man erwischt wird. So läuft es in diesen Zeiten.

Einen Rat habe ich nicht. Seid nur stets wachsam. Und vergebt mir."

Daraufhin ließ er sich nach vorn in die Tiefe stürzen.

Die Männer blieben wie angewurzelt stehen und sagten kein Wort, während der Wind hörbar durch den Treppenaufgang des Turmes wehte. Nach einigen Minuten machten sie sich auf den Weg nach unten, um den Körper von Xenos – seinen wahren Namen hatte er mit in den Tod genommen – zu begraben und ihm trotz der begangenen Taten seinen letzten Frieden zu ermöglichen.

Kapitel 26

Zeitenwende

Sie hatten den Wald verlassen und waren über die sich dahinter erstreckende Wiese marschiert, an welche ein reiner Kiefernwald angrenzte, der keinerlei Unterholz bot. Da man wegen der licht stehenden Bäume ein leichtes Ziel war, wollten sie in Bewegung bleiben, bis sie in einer Umgebung waren, die mehr Sicherheit bot. Und so legten sie immer wieder lediglich kurze Pausen ein, um ihre Kräfte zu schonen, denn keiner wusste, ob man in absehbarer Zeit einen geeigneten Platz für ein Lager finden oder ob man die Nacht auf den Beinen verbringen würde.

Am Rande einer kleinen, nur mit Gras bewachsenen Lichtung machten sie Halt. Jeder hatte bereits festgestellt, dass nichts Unverzichtbares – wie etwa Wechselschuhe – im Gepäck fehlte. Da man die wichtigsten Dinge stets bei sich trug, hielt sich der Verlust deutlich in Grenzen – dieser beschränkte sich auf wenige Kleidungsstücke. Weitaus Problematischer war hingegen, dass sie fast kein Wasser hatten und kaum Nahrung. Aber auch hierfür würde sich eine Lösung finden, denn immerhin waren sie am Leben.

Die Sonne war schon weit in den Westen gewandert, wodurch die Schatten des Waldes zunehmend kühler wurden.

„Kurz nach der Beisetzung standen wir in der Kathedrale und überlegten, wie es weitergehen sollte", sagte Beauford und zog an einer Zigarette, deren Glut er instinktiv mit der Hand abdeckte, auch wenn es noch nicht so dunkel war, dass sie ihn hätte verraten können. „Wir waren ehrlich gesagt verunsichert und etwas verängstigt, was an Sydells Tun lag und an der Geschichte, die uns Xenos anvertraut hatte. Wir kamen überein, dass wir auf deine Rückkehr warten würden, um dann weitere Schritte zu besprechen."

„Aber dann passierte etwas", sagte Lucia, die eine grobe Vorahnung hatte.

„Das kann man wohl sagen", warf Forg ein und nahm einen kleinen Schluck Wasser aus einer Plastikflasche, die beinahe leer war. Er hoffte, dass man in den nächsten Stunden Wasser finden würde, denn er hatte unsagbaren Durst und hätte gern den gesamten Inhalt in seinen Rachen fließen lassen. Doch die Vernunft hielt ihn davon ab.

„Ich stand mit einem Becher an der Mauer und trank Wasser, als er mir plötzlich aus der Hand gerissen wurde und ich Holz splittern hörte", erzählte Beauford. „Ich ging erschrocken hinter der Mauer in Deckung und sah, dass ein Einschussloch in dem Becher war und ein weiteres in der Sitzfläche eines Stuhls, der einige Meter vor mir stand. Der Becher war fast bis zu dem Stuhl geflogen."

„Hast du niemanden gesehen?" wunderte sich Lucia.

„Vermutlich ein Scharfschütze in einem der Hochhäuser im Norden in der Stadt", erklärte Forg.

„Ich konnte nicht einmal den verdammten Schuss hören", sagte Beauford. „Ich tippe auf einen Schalldämpfer, denn einen Schuss hätten wir wahrscheinlich trotz der Entfernung mitbekommen. Aber wer weiß ..."

„Und was war mit euch?" fragte Lucia und sah zu Cordh und Forg. Sie erinnerte sich still an ihr Gespräch mit Sydell, ehe sie zusammen aufgebrochen waren. Sydell hatte den Gedanken geäußert, dass die Gruppe eventuell beobachtet wurde. War das Zufall gewesen? Oder hatte sie sich durch ihr stetiges Misstrauen ein neuen Sinn für derartige Gefahren angeeignet?

„Ich saß auf der untersten Treppenstufe des Nordturms und Forg auf einem der Stühle", schilderte Cordh.

„Zum Glück saß ich auf dem richtigen", warf Forg ein.

Cordh sprach weiter: „Ich bekam durch den Einschlag der Kugel einen mörderischen Schreck. Eigentlich wollte ich etwas auf der Gitarre spielen, aber die Idee war schnell verschwunden." Bei diesen Worten wurde ihm erstmals bewusst, dass er das Instrument nicht mehr bei sich hatte. Zwar hätte es ihn während der Flucht behindert, doch war es ihm immer eine Freude gewesen, darauf zu spielen, seit er es in der Stadt gefunden hatte.

Lucia nickte.

Beauford streckte sich. „Jedenfalls blieben wir der Öffnung fern. Und wir mussten etwas unternehmen. Wir waren quasi blind, denn wir hatten keine Ahnung, woher der Schuss genau gekommen war, und auch nicht, wie viele Personen da draußen waren. Ich hechtete dann so schnell und so gut es ging seitlich von der Mauer weg in die Kathedrale, wo man mich nicht so einfach sehen konnte. Die anderen rannten im Bogen durch die Schatten, um an ihre Schlafplätze zu gelangen. Wir stopften das in die Rucksäcke, was direkt greifbar war, und schnürten sie hastig zu. Dann liefen wir zu einer der Türen im südlichen Seitenschiff und flüchteten, in der Hoffnung, dass draußen nicht schon jemand mit einigen Kugeln auf uns wartete.“

„Wahrscheinlich hätte es dich erwischt, wenn du nicht sofort mit uns gekommen wärst“, vermutete Forg und sah zu Lucia, die erneut nickte.

„Und nun sitzen wir hier“, sagte sie. „Was ich mich aber frage: Wie lange hat man wohl schon in dem Hochhaus gewartet?“

Beauford nahm einen Zug. „Es kann nicht so lange gewesen sein. Als wir Xenos beerdigten, hätte man uns alle auf einmal erledigen können.“

„Denkbar wäre auch“, begann Cordh, „dass sie irgendwann angekommen waren und sich ein Hochhaus ausgesucht hatten, um von dort aus in Ruhe die Stadt nach Leuten abzusuchen. Aufgrund der Größe dürfte das einige Zeit in Anspruch nehmen.“

„Aber die Kathedrale ist zu markant gelegen“, fand Lucia. „Also ich hätte dort zuerst nach Bewegungen Ausschau gehalten.“

Beauford nickte. „Xenos kam aus dem Norden. Gut möglich, dass der Schütze Mitglied der Gruppe war, aus der Xenos stammte. Das würde zumindest einen Sinn ergeben. Unlogisch wäre es, wenn er seinen Gedächtnisverlust die ganze Zeit über nur gespielt hat.“

„Wieso?" fragte Forg.

„Weil er uns seine Geschichte erzählte, ehe er starb."

Lucia runzelte die Stirn. „Und wenn sie erfunden war?"

Mit den Schultern zuckend antwortete Beauford: „Dann würde es auch keinen Sinn machen. Warum hätte er sie vor seinem Selbstmord erzählen sollen?"

Es waren viele Fragen offen und man würde sie nie zweifelsfrei beantworten können, doch entscheidend war, dass sie unversehrt hatten fliehen können; alles andere stand an zweiter Stelle. Ihnen war bewusst, dass sie dem Tod nur knapp entkommen waren. Man würde viel vorsichtiger sein müssen, denn im Nachhinein erschien ihnen ihr Verhalten in der Stadt sehr leichtsinnig – schon der Gedanke an die Streifzüge, bei denen sie sich meist getrennt hatten, um jeweils allein auf Erkundungstour zu gehen, ließ jeden innerlich den Kopf schütteln.

Man blieb noch eine Weile, um sich zu erholen, ehe man in der vorangeschrittenen Dämmerung die Rucksäcke schulterte und sich wieder auf den Weg machte, der weiter nach Südosten führen sollte.

Lucia fragte sich, ob Sydell auch zufällig dorthin unterwegs war, wo man vielleicht irgendwann ankommen würde. Sie wusste, dass ein erneutes Treffen mehr Wunschdenken als Wahrscheinlichkeit war, doch dieses Wunschdenken beinhaltete, dass es Sydell gut ging.

In den folgenden Stunden, in denen sie aufgrund der Dunkelheit nur langsam vorankamen – der Halbmond am wolkenlosen Himmel war unter den Baumkronen nur bedingt hilfreich –, ergriff Lucia das Wort und teilte mit den anderen das Wissen um die *Eiserne Libelle*, welches sie von Sydell erhalten hatte; die Männer lauschten gebannt den Ausführungen.

Immer wieder legte man Pausen ein, denn jeder war müde, hungrig und vor allem durstig, was das Gefühl verstärkte, sich mit jedem Schritt dem Ende seiner Kraft zu nähern.

In den frühen Morgenstunden verließen sie endlich den Wald – der Kiefernwald war im Laufe der Nacht unmerklich in einen Laubwald übergegangen, der allerdings auch keine günstigen Gelegenheiten für eine längere Pause bot – und kamen auf eine weitläufige Fläche, auf welcher Ähren wie auf einem bestellten Acker wuchsen und über der regungslos Nebelschwaden hingen, während im Osten der Himmel in Flammen zu stehen schien und es nur eine Frage der Zeit war, bis die Sonne ihr goldenes Licht über den neuen Tag ergießen würde.

Jeder fragte sich still, ob hier irgendwo jemand lebte oder ob diese Vegetation eine Laune der Natur war.

Auch wenn die Stimmung, die Gegend und der einsetzende Gesang der Vögel wie ein Zeichen der Hoffnung wirkten, so übertraf doch nach einer Weile etwas anderes diese Eindrücke und ließ sie zu Recht in den Hintergrund rücken: Mitten in diesem sonderbaren Feld, dessen Gaben sie dankend annahmen und dessen Grenzen sie nicht einmal annähernd ausmachen konnten, tauchte ein regelrechter Wald aus Schilfrohr auf, der sich wie ein Bollwerk vor ihnen erhob und im Schnitt über vier Meter hoch war. Nachdem sie sich durch das dichte Pflanzengewirr gekämpft und nur wenige Schnittwunden davon getragen hatten, standen sie voller Freude und mit nassen Füßen am Rande eines weitläufigen Sees von welchem eine Schar Enten aufstieg ...

Kapitel 27

Wege

Ihre ziellose Reise führte sie an und durch entlegene Orte und Gebiete, immer auf der Suche nach Wasser, Nahrung, Ausrüstung und einer halbwegs sicheren Zuflucht für die nächste Nacht – reihum hielt immer einer von ihnen Wache, um die Sicherheit der kleinen Gruppe zu verbessern.

Im Laufe der Zeit realisierte jeder, dass man wieder den eigenen Instinkten vertraute, denn Vorsicht – gepaart mit Misstrauen – und das Hören auf die innere Stimme wurden zu ständigen Begleitern, die sich darin übten, ihre schützenden Hände über die vier Reisenden zu halten.

Lucia ging nach und nach dazu über, nicht nur für jeden Tag einen Strich in ihr Tagebuch zu machen, sondern auch Erlebtes zu notieren und vor allem die Geschehnisse festzuhalten, die mit ihrer Ankunft in der Stadt begonnen hatten; diesen Punkt betrachtete sie als Anfang eines neuen und das Ende eines alten, schweren Lebensabschnitts. Sie wusste nicht, wozu sie schrieb, doch hatte sie den unbestimmten Drang, es einfach zu tun. Jeder war sich sicher, dass sich der Untergang nicht aufhalten lassen würde. Folglich machte es theoretisch keinen Sinn, etwas zu notieren, da die Chancen immer geringer wurden, dass es überhaupt einmal jemand zu Gesicht bekommen würde; und doch nahm sie sich jeden Abend die Zeit, etwas abseits der anderen an einem ruhigen Fleck das Tagebuch aufzuschlagen und einige Worte auf das Papier zu bringen.

Sie fragte sich zunehmend, was wohl Sydell nun tat und ob es nicht besser gewesen wäre, wenn alle auf der Stelle die Flucht ergriffen hätten; dann hätte es diese Trennung nicht gegeben. Zusätzlich wären Sydells Erfahrungen definitiv eine große Hilfe gewesen – nicht zu vergessen die menschliche Bereicherung für die gesamte Gruppe. Doch die gemeinsame Zeit gehörte der Vergangenheit an. Aber was, wenn Sydell bereits einige Tage später zur Stadt umgekehrt war? Lucia durfte gar nicht daran denken.

Je länger sie sich damit befasste, desto klarer wurde ihr, dass sie sich als Frau verloren fühlte. Cordh, Forg und Beauford waren zuvorkommend und anständig, das stand außer Frage, doch waren und blieben sie Männer, die so manches Problem nicht verstehen konnten – weshalb sie auch nicht darüber sprach. Im Zuge dieser Gedanken erinnerte sie sich an die Gespräche mit Sydell, die leider erst viel zu spät stattgefunden hatten. Doch auch das war nun nicht mehr zu ändern.

Sie durchstreiften auf ihrem Weg einen mehrere Quadratkilometer großen Windpark, dessen Windkraftanlagen wie von Pflanzen umhüllte Bäume in die Höhe ragten und von deren Rotorblättern Lianen in die Tiefe hingen, die sich sanft im Wind bewegten, während von den Konstruktionen und dem knorrigen Rankenwerk knarrende und ächzende Geräusche ausgingen. Der Boden lag unter einem nahezu undurchdringlichen Teppich aus diversen Ranken und Wurzeln; nur an vereinzelten Stellen hatten Gräser und Blumen eine Nische gefunden.

Der gesamte Ort hätte enorm unheimlich gewirkt, wären nicht die zahllosen Vögel gewesen, die im Schutze der Pflanzen brüteten. Tagsüber hielt sich der erzeugte Geräuschpegel in Grenzen, da die meisten von ihnen emsig mit der Suche nach Nahrung beschäftigt waren, doch in den Abendstunden stieg die Gesamtheit des Zwitscherns und Singens zu einem ohrenbetäubenden Klangchaos an, das erst nach Sonnenuntergang abnahm und später für einige Zeit einer wohligen Stille wich, ehe die nachtaktiven Vogelarten damit begannen, einsam ihre Lieder zu singen.

Eine andere Station stellte ein Gelände dar, auf dem es mehrere gigantische Hangars gab; einige von ihnen waren geschätzt über einen Kilometer lang und teilweise mehr als zwei Kilometer breit. Innen und außen bildeten Ranken,

Moose, Farne und Gräser den größten Teil der Vegetation. Bereiche, an denen viel Licht einfallen konnte – in aller Regel aufgrund des Verfalls der Dachkonstruktionen –, zeichneten sich durch das Vorhandensein bunter Blumen und zahlreicher Bäume aus, die oasengleich aus dem allgegenwärtigen Grün herausstachen. Die Flugzeuge und Helikopter waren in den Jahrzehnten untrennbar mit dieser *Neuen Welt* verschmolzen. An einigen Stellen hatten sich große Mulden gebildet, die sich nach und nach mit Wasser gefüllt hatten, um so neuen Pflanzen und Tieren eine Grundlage zu bieten. Wasser tropfte unregelmäßig von manchen Stahlträgern in der Höhe, wobei es vom einfallenden Sonnenlicht auf seiner Reise zum Funkeln gebracht wurde. Die eine oder andere Halle wirkte aufgrund der zahlreichen Bäume wie ein überdachter Wald; der ursprüngliche Zweck hatte sich aufgelöst wie die einstigen Schöpfer.

Trotz all der atemberaubenden Orte, die sie besuchten, erkannten sie, was sie an der Stadt gehabt hatten: Eine Konstante, eine Zuflucht, eine Heimat. Nun waren sie unfreiwillig wieder Nomaden, denen mit jedem Schritt bewusster wurde, welchem Schicksal sie zu begegnen hatten. Die Stadt schien golden in ihren Erinnerungen; mit jungem, sattem Grün, dem Funkeln der Sonne auf dem reinen Blau des Meeres und dem zarten Weiß luftiger Wolken am Himmel.

Trotz der Welt, in der sie aufgewachsen waren, hatte jeder als Kind in dem Glauben gelebt, unsterblich zu sein. Doch gerade nun war ihnen bewusster als sonst, wie kurz das Leben sein konnte, wobei sich jeder fragte, wann diese bittere Erkenntnis überhaupt Einzug in ihr Denken gehalten hatte. Oder war sie vor vielen Jahren eines Morgens einfach da gewesen?

Jeder in der Gruppe fühlte sich, als würde man neben dem Gepäck auch eine ungenannte, bleiern schwere Last tragen, deren Gewicht mit jedem Gedanken wuchs, der sich wie ein Tumor im Geiste ausbreitete, je länger man schweigend einen Fuß vor den anderen setzte. Daran konnte nicht einmal die Feststellung etwas ändern, dass man nach wie vor nicht verfolgt wurde. Auch der Zauber, der ihnen hin und wieder von der Natur in allen möglichen Farben und Formen geschenkt wurde, war nicht in der Lage, den zunehmenden Schmerz, der ihre Existenz standhaft belastete, den Weltschmerz, von ihnen nehmen. Sie fühlten sich in diesen Tagen und Wochen immer mehr, als wären sie tatsächlich die letzten Menschen auf Erden; nichts hatte mehr einen Sinn seit ihrer Flucht aus der *Goldenen Stadt* ...

Kapitel 28

Das graue Ödland

Der Wandel hatte unauffällig eingesetzt; hier ein toter Busch, da verdorrtes Gras und eine dunkle Pfütze. Doch irgendwann hatte sich alles so verändert, dass die Gruppe innehielt. Jeder blickte sich um.

„Hat von euch jemand schon einmal so etwas gesehen?" fragte Forg erstaunt und setzte den Rucksack ab, um seine Wasserflasche für einen Schluck zu entnehmen.

„Nein", sagte Beauford und ließ den Blick schweifen.

Lucia sah verunsichert zu Cordh, der nur mit den Schultern zuckte.

Sie befanden sich auf einer weitläufigen Fläche, wo es nur kümmerliches Gras gab, das sich im leichten Wind mehr starr zuckend bewegte als sich sanft zu wiegen. Hinter ihnen waren in der Ferne vereinzelte Bäume und Sträucher auszumachen – den Wald, aus dem sie gekommen waren, konnte man schon lange nicht mehr sehen –, während sich nach links und rechts alles in der Ferne des grauen Tages verlor. Vor ihnen hingegen lag in einigen Kilometern Entfernung etwas, das wie ein Industriegebiet aussah.

„Vielleicht eine Militärbasis", mutmaßte Forg, der bereits getrunken hatte und die Flasche wieder verstaute.

„Oder Fabriken und Lagerhallen", meinte Cordh.

„Finden wir es heraus", sagte Beauford.

Lucia zögerte. „Was, wenn dort jemand ist?"

Beauford sah sie kurz an und sagte: „Dann hat man uns wahrscheinlich schon längst entdeckt."

Mit dieser knappen Aussage lag er mehr als richtig, dessen war sich jeder bewusst. Es wäre im Fall der Fälle auch zu spät gewesen, umzukehren oder sich zu entscheiden, diesen Ort zu umgehen.

Die dunklen Wolken, die sich langsam am Himmel dahinschleppten, schienen der Erde immer näher zu kommen. Man wunderte sich, dass es nicht schon längst regnete, denn die Färbung der mitunter stark zerklüfteten Fetzen verhieß nichts Gutes.

Je näher sie dem Ort kamen, desto bedrohlicher und beklemmender wurde die Aura, die den Stahlbeton und die rostigen Elemente der Architektur umgab.

Nachdem die ersten Ruinen an ihnen vorübergezogen waren, wurde ihnen klar, dass es sich nicht einfach um ein normales Industriegebiet handeln konnte, das am Rande einer Stadt entstanden war; einerseits waren die Dimensionen eine Klasse für sich, andererseits wuchsen überall nur spärlich Pflanzen, wodurch die von der Witterung verfärbten und gezeichneten Betonschluchten mit ihren teilweise freigelegten Skeletten noch furchteinflößender wirkten als sie es vor einer grünen Kulisse an einem sonnigen Tag getan hätten. Neben Gräsern und kleinen Büschen gab es kaum etwas anderes, lediglich einige kümmerliche Birken; größere Bäume und Pflanzen suchte man vergebens. Die Scheiben der Fenster waren entweder zersprungen oder durch die Jahre vollkommen trüb geworden, so dass sie nur noch einen Bruchteil des ursprünglichen Lichtes in die Gebäude ließen und offene Türen und Tore zu gähnenden Schlunden machten.

Jeder hörte die eigenen Schritte und die der anderen auf dem Asphalt, der nahezu jeden Fleck des Bodens bedeckte. Hinzu kam der Wind, welcher mitunter ein unheilvolles Dröhnen oder Pfeifen erzeugte, indem er durch verrostete Rohre und leere Gänge wehte; oder er ließ die Reste einer Bauplane flattern, eine Blechdose klappernd durch die Gegend rollen oder eine Kette gegen ein Metallfass schlagen, was einen besonders furchtbaren Ton erzeugte, der aus allen Richtungen zu kommen schien und welcher sich immer leiser widerhallend irgendwann verlor. Es gab keinen Vogelgesang und kein Summen von Insekten, was die harte, kalte Lebensfeindlichkeit dieses Ortes nur zu gut untermalte und in der Gruppe das Gefühl der Verlorenheit verstärkte.

Sie streiften eine Ewigkeit durch die Straßen, vorbei an Hallen, deren Leere vom Wind besungen wurde, und vorbei an gelagerten Eisenträgern, welche durch den Rost der Jahrzehnte teilweise vollständig zu unförmigen Brocken verändert worden waren, bei denen man nur schwer abschätzen konnte, wie viele einzelne Träger es ursprünglich gewesen waren. Sie sahen zerfallene Stahlkonstruktionen und welche, denen die Witterung scheinbar nichts hatte anhaben können; bedrohlich in die Höhe ragende Schornsteine in ungeahnten Dimensionen und Schlote, in denen ganze Hochhäuser hätten verschwinden können.

Beauford, der in einiger Entfernung hinter den anderen lief und etwas mehr Zeit darauf verwendete, sich in Ruhe umzusehen und umzuhören, blieb mitten auf einer großen Kreuzung stehen und sah nach rechts. Dann wanderte sein Blick auf den Asphalt vor seinen Füßen, wo aus einem Spalt einige Grashalme ragten.

Cordh, der immer wieder nach Beauford geschaut hatte, blieb ebenfalls stehen. „Wartet mal!"

Lucia und Forg hielten an und drehten sich zu Cordh um, der einige Meter hinter ihnen war. Erst jetzt realisierten sie, dass Beauford nicht mit ihnen Schritt gehalten hatte.

„Was ist?" rief Cordh und näherte sich Beauford, der den Blick gehoben hatte und von sich aus betrachtet wieder nach rechts sah.

„Ich weiß, weshalb hier nichts wächst", sagte er ausdruckslos und drehte sich kurz um. Er schaute in die Richtung, aus der sie gekommen waren. Es war seit mehreren Stunden schon zu spät, dessen war er sich sicher.

Cordh näherte sich weiterhin Beauford und schaute dabei die Straße entlang, an deren Ende der Grund für dessen Halt zu finden war. Er blieb bei ihm stehen.

Lucia, die zusammen mit Forg nun auch auf der Kreuzung angekommen war, kniff die Augen zusammen und blickte ebenfalls in die Ferne.

„Vermutlich ein Kraftwerk, das irgendwann einstürzte", sagte Forg in beiläufigem Ton und machte sich daran, den Weg fortzusetzen.

„Oder ein explodierter Kernreaktor", sagte Beauford, der die Augen nicht von der graublauen Ruine lassen konnte. Im Stillen wunderte ihn der Zufall, dass sich in der *Goldenen Stadt* nur Menschen zusammengefunden hatten, die überaus gebildet waren und mehr über die Vergangenheit und essenzielle Zusammenhänge wussten als so manch andere Person, der er im Laufe seines Lebens begegnet war – einige hatten sich nicht einmal richtig verständigen können, so verkümmert war ihr Geist gewesen.

Forg hielt in seiner Bewegung inne. „Meinst du?" Er konnte auf diese Entfernung keinerlei Aussagen treffen. Er wollte es auch nicht wirklich, da ihm dieser Ort unheimlich war und er den Marsch so schnell hinter sich bringen wollte, wie es nur ging.

„Entweder dort oder an einer anderen Stelle", meinte Beauford. „Ich sah Fotografien und manche aus der Distanz mit eigenen Augen. Die Form des Kühlturmes, soweit man das bei den Umrissen noch sagen kann, erinnert mich daran. Natürlich kann ich mir nicht sicher sein, aber wenn man sich hier umsieht, liegt die Vermutung sehr nahe. Es ist aber egal, ob ich mich dabei irre oder nicht ..."

„... weil wir längst verstrahlt wurden", ergänzte Lucia den Gedanken. Sie wusste nicht genau, was das bedeutete, nur, dass man krank werden und eher sterben konnte. Ein Schauder lief ihr über den Rücken und sie fragte sich, ob Sydell auch hier gewesen war.

Beauford nickte. Er wusste aus Erzählungen, die sich mit ähnlichen Orten befassten, und den unverkennbaren Tatsachen, die einen tagtäglich umgaben, dass sich die Natur jeden Ort wieder einverleiben konnte, sogar hochgradig verstrahlte und verseuchte, doch das dünne Gras auf der weiten Fläche, über die sie gelaufen waren, und die unheimliche Stille hier ließen ihn vermuten, dass etwas in der Luft lag, das instinktiv selbst von den kleinsten und einfachsten Lebewesen weitgehend gemieden wurde. Natürlich war es auch hierbei möglich, dass er sich irrte und der Grund in Wirklichkeit darin zu finden war, dass unter seinen Füßen 10 Meter dicker Beton war, es an Grundwasser fehlte und es einfach keine nennenswerten Stellen gab, an denen die Natur wirklich Fuß fassen konnte. Auf der anderen Seite konnte niemand abstreiten, dass aus jedem Winkel, aus jeder Richtung ein namenloses Grauen auf einen einströmte, das stetig mehr Unbehagen weckte.

„Wir können nur versuchen, so schnell wie möglich zum anderen Ende zu gelangen", sagte Beauford. Er hatte Geschichten von anderen Kernreaktoren gehört, wo die Natur schneller als gedacht auf eine Katastrophe reagiert hatte; man hätte meinen können, es sei nichts passiert. Wenn sich hier allerdings etwas zugetragen hatte, dann mussten die Ausmaße verheerender gewesen sein, als nahezu alles, was er sich vorstellen konnte. Er wollte gar nicht weiter darüber nachdenken.

„Wie lange kann die Strahlung denn gefährlich sein?" fragte Cordh, der zugeben musste, davon keine Vorstellung zu haben.

„Ohne Näheres zu wissen, kann man schon von 200.000 bis 300.000 Jahren ausgehen", erklärte Beauford. „Mindestens. Es können auch mehrere Jahrmillionen sein."

Lucia erinnerte sich an die Erzählung von Sydell, welche Kriege zwischen rivalisierenden Parteien mit Kernwaffen erwähnt hatte. Kaum zu glauben, dass es überall verstrahlte Landstriche gab, die quasi bis in alle Ewigkeit eine Gefahr darstellten. War diese Strahlung vielleicht auch der Grund für den Tod von Beaufords Frau gewesen? Hatte sie irgendwann unwissentlich einen solchen Ort betreten? War sie deshalb unerwartet im Schlaf gestorben?

Die Gruppe marschierte weiter. Jedem war, als wäre man in einem völlig von der Außenwelt abgeschirmten Raum, denn alle Geräusche – auch die der eigenen Schritte – wurden leiser, während man immer weiter in die eigenen Gedanken abtauchte, bis man sich durch eine Welt vollkommener Stille bewegte; eine graue Welt ohne Klang, ohne Leben und ohne Hoffnung.

Nachspiel

Entschwinden

Der Aufenthalt in dem gigantischen Sarg wirkte in ihren Köpfen noch lange nach. Es war, als hätten sie eine Reise in ihre persönliche Zukunft unternommen, von der sie wussten, dass sie ihr nicht entkommen konnten. Es würde lange dauern, doch irgendwann würden Wurzeln den Beton brechen und damit beginnen, dieses Relikt, diese graue Wüste verschwinden zu lassen. Keiner von ihnen würde das freilich erleben, denn sie wären bereits alle vom Angesicht der sich unaufhaltsam verändernden Welt verschwunden.

Während sie sich weiterhin in den südlichen Regionen aufhielten, hatten sie nur sehr selten Kontakt zu anderen Personen und Gruppen, wobei sie ihrem Misstrauen treu blieben, da die Sache in der *Goldenen Stadt* auch ganz anders hätte ausgehen können.

Im Laufe der Zeit sammelten sich bei Lucia zahlreiche Tagebücher an, die man teilweise nicht mehr als solche bezeichnen konnte, da sie dazu übergegangen war, auch Erlebnisse und Erfahrungen aus der Zeit vor dem Zusammentreffen der Gruppe niederzuschreiben. Ein Biografiecharakter erfüllte mehr und mehr die Seiten. Insgeheim ärgerte sie sich darüber, das nicht schon früher getan und stattdessen immer nur einen Strich für jeden Tag gezogen zu haben. Aber was hätte das gebracht?

Als sie das Gefühl hatte, all die Schriften mehr als Ballast denn als Erinnerungsstücke zu betrachten – es war für sie nicht davon auszugehen, dass sie irgendwann in einem schönen Haus sitzen und ihren Enkelkindern daraus vorlesen würde –, ging sie dazu über, ab und zu eines der gefüllten Bücher zu verschenken, wenn sich die Gelegenheit ergab und sie neues Papier oder gar ein neues Büchlein und neue Stifte finden oder ergattern konnte; meist gab sie die Erinnerungen an Mädchen und junge Frauen weiter, und das auch nur, wenn sie die Sprache lesen konnten – es war stets ein Glücksspiel, denn neben der geografischen Vermischung gab es zusätzlich die der Sprache; in den Jahren waren stellenweise zahlreiche lose Kreuzungen entstanden.

Forg entwickelte sich zu einer Art Beschützer der kleinen Gruppe, der seine Augen und Ohren überall hatte, wobei er immer mehr jene Züge annahm, die Sydell ausgezeichnet hatten – allerdings ohne die Distanz zu den anderen.

Cordh schaute sich vergebens nach einer passenden Frau um und spielte mehrmals mit dem Gedanken, die Gruppe zu verlassen. Man ging davon aus, dass er es ohne zu zögern für die richtige Partnerin tun würde.

Und Beauford war unentwegt auf der Suche nach erlesenen Genussmitteln und seltenen Dingen aus einer Zeit, in der die Welt noch nichts vom *Tag Null* gewusst hatte, um sich und den anderen damit bei so mancher Gelegenheit eine Freude zu bereiten; oder er zeigte ihnen etwas, erzählte eine interessante Geschichte dazu und teilte sein Wissen.

Keiner machte sich Gedanken darüber, wie lange die Gruppe noch bestehen würde, denn es wäre vergebliche Mühe gewesen, das wusste jeder. Sie lebten lieber von Tag zu Tag und hofften dabei, nicht das Opfer eines Überfalls am Wegesrand, das der nach wie vor umherziehenden *Jäger* und *Späher* oder das einer plötzlichen Krankheit zu werden. Doch letztendlich lag auch das nur begrenzt in ihrer Macht ...

Es war ein angenehmer Nachmittag, an welchem sie den zauberhaften Ort inmitten eines gigantischen Waldgebietes entdeckten, dessen Vegetation derart saftig grün war, dass man davon ausgehen musste, bald in tropische Gefilde vorzustoßen. Sie waren seit Tagen dem Lauf eines kleinen Flusses gefolgt, der an eben jener Stelle – gemeinsam mit einem weiteren Fluss, der etwas kleiner war – eine flache Senke mit seinem kristallklaren Wasser füllte. Das Wasser floss durch einen einzelnen Fluss am anderen Ende der

Senke gemächlich wieder ab. Da die überflutete Fläche sehr weitläufig war, wirkte es, als würde sich das Wasser gar nicht bewegen. Nur wenn ein Blatt langsam und sanft an der Oberfläche dahintrieb, wurde einem klar, dass die Reise des Wassers noch lange nicht zu Ende war.

Die Senke selbst war im Schnitt einen Meter tief und beherbergte zahlreiche Ruinen, deren Wände weiß verputzt und stellenweise sehr gut erhalten waren, und Bäume, die im Wasser wuchsen. Einige entsprangen auch den Gebäuden, an und in welchen zusätzlich Gräser, Büsche, Moose, Farne und Kletterpflanzen zu finden waren. Der Boden der Senke war nahezu komplett mit Wasserpflanzen bedeckt, die sich aufgrund der sehr schwachen und gleichmäßigen Strömung kaum bewegten. Stellenweise wirkte es so, als wäre Gras in lupenreinem Eis eingeschlossen.

Lucia hatte ihren Rucksack am Ufer abgelegt und lief mit ihrem Tagebuch in der einen Hand vorsichtig durch das angenehm kühle Wasser, welches die Finger der anderen Hand sanft umspielte. Die Stiefel hatte sie nicht ausgezogen, da sie nicht wusste, was sich in den Pflanzen verbarg; hätte sie nicht das Tagebuch dabei gehabt, hätte sie problemlos zwischen den Ruinen schwimmen können. Ungeachtet dessen nahm sie diese willkommene Abkühlung als Geschenk entgegen, zumal die hohe Luftfeuchtigkeit mehr als schweißtreibend war. Da sich hier unmöglich jemand unbemerkt anschleichen konnte, machte sie sich keine Gedanken darüber, ob sie sich einige Meter weiter von den anderen entfernte oder nicht.

Über den Bäumen – teilweise wahre Giganten – erstreckte sich ein makellos blauer Himmel, an welchem die flammende Sonne stand und auf alles ein zauberhaftes Spiel aus Licht und Schatten warf. Ein leichter Wind ließ die Baumkronen rauschen, wodurch die Szene zusätzlich an Schönheit gewann. Dieses Fleckchen Erde war für die vier Reisenden das Gegenstück zu der trostlosen Betonlandschaft, die sie zwar räumlich und zeitlich weit hinter sich gelassen hatten, deren Eindrücke aber noch immer echogleich in ihren Köpfen nachhallten.

Beauford saß auf dem moosüberzogenen Stamm eines umgestürzten Baumes, rauchte eine Zigarette und beobachtete Schmetterlinge, die von Blüte zu Blüte zogen – es gab im Randbereich der Senke zahlreiche Stellen mit derart vielfältig bunten Blumen, dass man annehmen musste, die Natur hätte es als Ausgleich zum allgegenwärtigen Grün so eingerichtet; in der Senke selbst existierten vereinzelte Erderhebungen, die aus dem Wasser ragten und auf welchen ebenfalls Blumen ihre Blüten zur Sonne reckten, wenn sich hoch über ihnen ein natürliches Loch in oder zwischen den Baumkronen befand.

Cordh und Forg hatten ihrerseits die Rucksäcke abgelegt – diese lagen an dem Baumstamm neben denen von Lucia und Beauford – und waren in der Nähe auf der Suche nach Feuerholz und etwas Essbarem, da man hier bis zum nächsten Morgen bleiben wollte. Die Entscheidung dazu war einstimmig gewesen.

Lucia steuerte auf die Überreste eines Hauses zu.

Eine Steintreppe führte hinauf zur Öffnung der ehemaligen Haustüre, wobei die oberen zwei Stufen außerhalb des Wassers lagen. Auf der anderen Seite der Fassade erkannte man, dass die anderen Wände fehlten, was dem so unvollständigen Raum etwas von einer Theaterbühne verlieh. Der Boden war von Moos bedeckt. Hier und da wuchsen Blumen mit blauen und violetten Blüten. Vom Eingang aus gesehen befand sich im linken Bereich ein Baum, der mit seiner Krone einen Teil des fehlenden Daches zu ersetzen schien, während rechts riesige Farne wuchsen und gut die Hälfte des Raumes einnahmen.

Lucia verließ das Wasser, zog ihre Stiefel und Socken aus und betrat das weiche Moos, das leicht zwischen ihren Fußzehen kitzelte. Sie lief zur anderen Seite des offenen Raumes und blickte sich um. Vor sich konnte sie im Wasser mehrere Fische ausmachen, die sich zwischen den Pflanzen zu verstecken versuchten. Der Teil der Senke, der sich vor ihr ausbreitete, bot einige Ruinen in verschiedenen Stadien des Verfalls, pflanzenbedeckte Erhebungen und das rastlose Spiel des tanzenden Lichts, das vom Wasser reflektiert wurde und so alles besprenkelte. In einer für Lucia schlecht abschätzbaren Entfernung verlor sich der Rand der Senke zwischen Bäumen, Farnen und Blumen, deren Farben so intensiv waren, dass sie regelrecht hervorstachen und den Blick auf sich zogen.

Sie stellte die Stiefel ab, legte die Socken ausgebreitet daneben und ließ sich im Lotussitz nieder, um sogleich damit zu beginnen, sich einige Gedanken von der Seele zu schreiben und die Eindrücke des Tages festzuhalten.

Die Sonne war weiter zum Horizont gezogen, was man an den längeren Schatten und den weniger gewordenen Lichtspielen sehen und an der leicht gesunkenen Temperatur erkennen konnte.

Forg und Cordh hatten Feuerholz und Beeren gesammelt und – mittels angespitzten, dünnen, langen Zweigen, die sie als Speer genutzt hatten – einige Fische erbeutet. Beauford hatte ein kleines Feuer entfacht, die ausgenommenen Fische auf Stöcke gespießt und sie so um das Feuer herum angeordnet, dass jeder Fisch gleichmäßig und langsam erhitzt wurde.

„Ich mache mich mal auf die Suche nach Lucia", sagte Cordh und erhob sich.

Beauford und Forg ließen ihm stumm ihre Blicke folgen, während sie dem leisen Knistern des Feuers und den Klängen des Waldes lauschten und voller Vorfreude den hervorragenden Geruch des beinahe fertigen Fisches wahrnahmen.

„Lucia?" fragte Cordh immer wieder, während er durch das Wasser lief und sich in den Ruinen umsah.

„Ich bin hier!" antwortete sie laut, als er an der Fassade vorüberging und gerade um die Ruine laufen wollte.

„Es gibt Fisch und als Nachtisch süße Beeren", sagte Cordh. „Und Beauford hat für jeden von uns eine Zigarre. Keine Ahnung, wann und wie er an die Dinger gekommen ist." Er blickte sich um und fragte sich, ob es hier Wasserschlangen gab. Er musste den Kopf über seine Dummheit schütteln, denn dies war der verkehrte Ort für eine solch verspätete Frage.

„Klingt großartig!" entgegnete sie. „Ich bin schon unterwegs!"

Die Zigarren! Im ganzen Wirbel um Xenos, auf den man ja kurz nach ihrem Fund gestoßen war, hatte sie deren Existenz völlig vergessen. Beauford hatte sie offenbar in seinen Rucksack gepackt und selbst nicht mehr daran gedacht. Dieses letzte Geschenk der *Goldenen Stadt* ließ Lucia lächeln.

Sie beendete den aktuellen Satz, löste den Blick vom Papier und schlug das Tagebuch zu. Sie schaute sich um und wunderte sich darüber, wie weit der Tag schon vorangeschritten war; sie war in der Tat in die Schriften abgetaucht, fast so, als hätte sie sich hingesetzt und alles um sich herum dazu gebracht, sich langsam aufzulösen, gänzlich zu verschwinden und erst jetzt in veränderter Form wieder zu erscheinen.

Etwas mühsam erhob sie sich, denn die Stunden in der gleichen Position machten sich nun bemerkbar.

Cordh sah durch die Türöffnung hindurch Lucias Kopf auftauchen.

Lucia streckte sich und schüttelte kurz die Beine aus, denn diese begannen unerhört zu kribbeln. Dann schlüpfte sie in ihre beinahe getrockneten Socken und die feuchten Stiefel. Sie nahm das Tagebuch und den Bleistift wieder an sich.

Sie drehte sich um und wollte gerade zu Cordh gehen, den sie im Wasser stehen und warten sah, als ihr rechts von der Türöffnung an die Mauer geschriebene Worte auffielen – offenbar hatte man verkohltes Holz dafür benutzt. Sie wunderte sich, dass ihr das nicht vorher aufgefallen war, denn die dunkle Farbe hob sich deutlich vom Weiß der Wand ab.

Sie hielt inne und las die Zeilen mehrmals.

Auf der Mauer stand:

Wir unter wenigen
Bluten auf unser Nest der Träume
Ein Streben ohne Banner
Erhoben zur Neuen Sonne

Sie fragte sich, wer das verfasst hatte und weshalb ausgerechnet hier. Und wann. Mit einem spontanen Rückblick auf Sydells Erzählung nahm sie an, dass die Person etwas mit der *Eisernen Libelle* zu tun hatte.

Lucia ließ den Blick von den Worten sinken und lief langsam zur Treppe. Sie stellte dabei fest, dass ihre Hose nur noch am Gesäß leicht feucht war.

„Alles in Ordnung?" fragte Cordh, dem Lucias Verhalten wie ein Zögern erschien.

Sie blickte zu ihm und lächelte. „Alles bestens."

Damit lief sie die Stufen hinab ins frische Wasser, um gemeinsam mit Cordh zurück zu Beauford und Forg zu gehen, die am Ufer der Senke auf ihre Ankunft warteten, um mit ihnen gemeinsam zu essen ...

Was Lucia hingegen nicht gelesen hatte und was auch keiner der anderen je lesen würde, befand sich auf der anderen Seite der Türöffnung, verborgen hinter den großen Blättern der dort wachsenden Farne:

Wir unter wenigen
Erstarken neu und voller Glanz
Wie ein Baum im Frühlingswind
Mit dem Banner namens Hass

Ende

Inhalt